Rudolf Baumbach

Abenteuer und Schwänke

Alten Meistern nacherzählt

Rudolf Baumbach

Abenteuer und Schwänke
Alten Meistern nacherzählt

ISBN/EAN: 9783743381131

Hergestellt in Europa, USA, Kanada, Australien, Japan

Cover: Foto ©Andreas Hilbeck / pixelio.de

Manufactured and distributed by brebook publishing software (www.brebook.com)

ABENTEUER und SCHWÄNKE

ALTEN MEISTERN NACHERZÄHLT

VON

RUDOLF BAUMBACH.

ELFTES TAUSEND

LEIPZIG

VERLAG VON A G LIEBESKIND.

1892.

INHALT.

DER RITTER IM RAUCH.

Die Treue ist das beste Kleid,
Das hehrste Kleinod und Geschmeid,
Und wer mit Treue Milde paart,
Der ist vor Unheil wohl bewahrt,
Wie das in reichem Mass erfuhr
Graf Willekin von Montabur.

Derselbe war ein stolzer Degen,
An Jahren jung und sehr verwegen.
Sein Wuchs war hoch, gross seine Kraft
Und seine Lust die Ritterschaft.

War wo im Lande ein Turnei,
War auch Graf Willekin dabei,
Und alle Sättel wurden leer
Von seiner Faust und seinem Speer.
Doch weil er nicht gelernt das Sparen,
Freigebig war und unerfahren,
Verthat er seines Vaters Gut,
Wie mancher Sohn noch heute thut.

Am Ende traf den jungen Ritter
Des Vaters Zorn wie Ungewitter.
Er sprach: „So geht's nicht länger mehr;
Du machst mir alle Kasten leer.
Ich wehre dir das wüste Treiben;
Du sollst mir fein zu Hause bleiben."
Und was der Sohn auch wandte ein,
Des Vaters Herz blieb hart wie Stein.
Er sperrte seiner Truhen Deckel
Und hielt den Daumen auf den Säckel.
Auch ward der Junge von dem Alten
Im Hause karg und kurz gehalten
Und musste wegen seiner Schulden
Der üblen Reden viel erdulden.
So sass er aller Freuden bar
Bei seinem Vater sieben Jahr,
Und während er die Zeit versass,
Die Welt den Ritter ganz vergass.

Nun hört, was weiter mir bekannt:
Ein Fräulein sass im fünften Land
An Leuten reich und reich an Gut,
Von edlem Stamm und frohgemuth
Und schön wie eine Rosenblume.
Drum sangen auch von ihrem Ruhme
Und ihrer Schöne ohne Gleichen
Die Fahrenden in allen Reichen.

Manch stolzer Degen trug im Sinne
Verlangen nach der Jungfrau Minne,
Die Hoffnung aber ging in Scherben
Jedwedem, der da kam zu werben.
Doch weil das Land des Herrn entbehrte
Und ihre Sippe es begehrte,
Dass sie erküre einen Mann,
Die edle Jungfrau dies ersann:
Sie liess verkünden ein Turnei
Und gab das Stechen jedem frei,
Dem Edelsten wie dem Geringsten
Zwei Wochen nach dem Feste Pfingsten.
Dem Sieger aber des Turnei's
Verhiess sie ihre Hand als Preis.
Auf Pergament geschrieben ward's,
Petschirt mit rothem Siegelharz,
Und durch das Land in Eile liefen
Die Botenknaben mit den Briefen.

Es war vielleicht ein Zufall nur,
Dass einer kam nach Montabur,
Des Grafen Schreiber war zur Hand,
Der las, was in dem Briefe stand.
Und was von seiner Herrin Tugend,
Von ihrer Schönheit, ihrer Jugend
Der Botenknabe mündlich sagte,
Dem Ritter auch nicht missbehagte,
Und es begann sich in dem Degen
Die Abenteuerlust zu regen.
Drum stracks er vor den Vater trat
Und ihn um Geld und Urlaub bat.

Der Alte Anfangs heftig grollte
Und von Turnei nichts wissen wollte,
Am Ende aber gab er nach
Und zu dem Sohne also sprach:
„Ich will dir geben siebzig Mark,
Dazu zwei Rosse flink und stark,
Auch Waffen und Gewand von Stahl;
Doch diesmal ist's das letztemal."
Des Jungen Mutter stand nicht weit,
Die rief den Sohn darnach beiseit
Und nahm aus ihrer Kiste Grund
Venediger noch sieben Pfund.
Die reichte sie ihm heimlich dar,
Wofür der Sohn sehr dankbar war.

Er neigte züchtig sich und ging
Und suchte Helm und Panzerring,
Bewehrte sich mit Schild und Degen,
Hiess Sättel auf die Rosse legen
Und lenkte aus dem Schloss den Rappen
Begleitet nur von einem Knappen.

Die Stadt erlesen zum Turnei
Glich einem Bienenkorb im Mai,
Als kampfesfroh im Thor erschien
Von Montabur Graf Willekin.
Da rief der junge Ritter laut:
„Nun steh' mir bei, Frau Sankt Gertraud,
Dass ich mit Rossen und mit Mann
Noch gute Herberg finden kann."

Er ritt die Strassen auf und ab,
Allein kein Wirth ihm Obdach gab,
Denn Gäste lagen überall
Und füllten Kammer, Saal und Stall.
Ein stattlich Haus er endlich fand,
Und vor der Thür ein Bürger stand:
Denselben thät mit höf'schen Sitten
Graf Willekin um Obdach bitten.
Der reiche Bürger aber sprach:
„Wohl hat mein Haus manch gut Gemach,

Doch Ritter nicht, noch Ritters Kind
Allhier im Hause Herberg find't,
Dieweil erst jüngst um schweres Geld
Ein fremder Ritter mich geprellt.
Drei Monden lag er mir im Haus
Und lebte hin in Saus und Braus,
Und was ich sauer mir erwarb,
Er nahm's auf Borg, verthat's und starb.
Und weil die kargen Anverwandten
Des Ritters Schuld nicht anerkannten,
So nahm ich Rache an dem Gauch
Und hing den Todten in den Rauch.
Da hängt er noch zu Schimpf und Schande
Sich selber und dem Ritterstande.
Doch wenn Ihr, Herr, mit Eurem Gold
Den todten Ritter lösen wollt,
Und mir die siebzig Mark entrichtet,
Die er zu zahlen mir verpflichtet,
Soll Euch, dem Knappen und den Pferden
In meinem Hause Herberg werden."

Graf Willekin, der milde Mann
Sich keinen Augenblick besann.
Nicht achtend seiner eignen Noth
Sein Silber er dem Bürger bot,
Der Mann und Ross zur Herberg brachte
Und waidlich in die Faust sich lachte.

Drauf ward der Ritter aus dem Rauch
Geholt und nach der Christen Brauch
Sein Leib gewaschen und gepflegt
Und dann in einen Sarg gelegt.
Es hielt bei ihm die ganze Nacht
Graf Willekin die Todtenwacht,
Und als es früh begann zu tagen,
Liess er den Sarg zur Kirche tragen
Und sorgte, dass geweihter Erde
Der Leichnam übergeben werde.
Vom Münsterthurm die Glocken klangen,
Die Pfaffen Seelenmessen sangen,
Auch thät der Graf mit vollen Händen
Den Armen Opfergaben spenden
Und gab in seines Wirthes Saal
Ein reichbesetztes Todtenmahl.
Davon gewann er Lob und Ehr',
Sein Beutel aber wurde leer,
Und dass der Wirth befriedigt werde,
Hiess er verkaufen seine Pferde.
Er dachte: Kommt die Zeit herbei,
Erhalt' ich wohl ein Ross zu Leih',
Und gab die Pferde beide hin.
Der milde Ritter Willekin!

Die Zeit in raschem Lauf verfloss,
Der Ritter aber fand kein Ross.

Es ward ihm kalt und wieder heiss,
Gedacht' er an den hohen Preis,
Um den er kämpfend werben wollte
Und der ihm nun entgehen solte.

Gekommen war der letzte Tag.
Graf Willekin am Fenster lag
Und blickte aus nach seinem Knechte,
Ob der vielleicht ein Ross ihm brächte.
Da sah er durch das Fenstergitter
Des Weges traben einen Ritter,
Der hatte weisse Kleider an
Und ritt ein Ross weiss wie ein Schwan,
Das wiehernd sich und schnaubend bäumte
Und in die Silberbuckeln schäumte.
Der Ritter aber thät es zügeln
Und hob sich grüssend in den Bügeln
Und rief hinauf: „Mein Bruder werth,
Ich weiss, Ihr sucht ein gutes Pferd.
Ist dieses hier nach Eurem Sinn,
So kommt herab und nehmt es hin."

Da kam der Graf in grosser Eil'
Und sprach: „Ist dieses Ross Euch feil,
So sagt mir auch den Kaufpreis an;
Den zahl' ich Euch, sobald ich kann."

Der Fremde sprach: „Versprechet mir,
Was Ihr gewinnt auf diesem Thier
Am nächsten Tag durch Stoss und Streich
Mit mir zu theilen gleich und gleich,
Und dieses Ross, wenn Ihr mir schwört,
Mit Zeug und Sattel Euch gehört."
Da bot die Rechte hin zum Schwur
Graf Willekin von Montabur.
Der weisse Ritter sprang zur Erde
Und schied von seinem guten Pferde.
Er wandte sich und sprach im Gehen:
„Glück zu, Herr Graf! Auf Wiedersehen."

    Am andern Tag nach süssem Schlaf
Erhob vom Lager sich der Graf,
Und als er suchte sein Gewand,
Den schönsten Wappenrock er fand,
Von rother Seide, reich gestickt;
Den hatte ihm die Frau geschickt,
Damit sie, wenn er heute renne,
Den Grafen am Gewand erkenne.
Da zog der Ritter wohlgethan
Den silberlichten Harnisch an,
Bewehrte sich mit Schild und Schwert
Und schwang sich auf das weisse Pferd;
Behangen war's mit Baldekin,
Und mancher Stein am Sattel schien.

Des Jünglings Augen freudig blickten,
Vom Helm die bunten Federn nickten,
Und Blitze warf der Schild, der blanke.
So ritt der Degen in die Schranke.
Es klangen Hörner und Drommeten,
Im Morgenwind die Banner wehten,
Ein Herold aber rief die Namen
Der Ritter, die zum Rennen kamen.

Der jungen Herrin auf der Zinne
Erzitterte das Herz vor Minne,
Als auf dem weissen Ross erschien
Von Montabur Graf Willekin.
„Ach Gott im Himmel", sprach sie leis,
„Verhilf dem Degen zu dem Preis!"

Zum zweitenmal die Hörner klangen,
Die Ritter hoch die Schilde schwangen
Und neigten ihren Speer nach vorn.
Da klang zum drittenmal das Horn,
Und rasselnd, mit gesenkten Spiessen
Die Ritter auf einander stiessen.
Hei, Kampfgeschrei und Staub und Dampf
Und Schildekrach und Rossgestampf!
Zum Himmel flogen Lanzensplitter,
Und rücklings stürzte mancher Ritter

Gefällt von einer stärkern Hand
Und lag betäubt auf Gries und Sand.

Verstochen war der letzte Speer,
Und alle Rosse waren leer.
Fest sass im Sattel Einer nur,
Das war der Graf von Montabur.
Stolz ritt der Held die Bahn entlang
Bei Hörnerton und Pfeifenklang,
Und tausend Freudenstimmen schrie'n:
„Heil, Heil dem Ritter Willekin!"
Der junge Degen neigte sich
Vor seiner Herrin minniglich
Und streichelte sein Rösslein gut
Und ritt zur Herberg wohlgemuth.

Es währte nicht gar lange Zeit,
Da kam die Jungfrau mit Geleit
Und sprach: „Viellieber Herre mein,
Ihr sollt mir hoch willkommen sein.
Mich selber und mein ganzes Land,
Ich geb' es willig Euch zum Pfand."
In Züchten sprach der milde Mann:
„Wohl mir, dass ich den Sieg gewann.
Ihr seid so wonnesam zu schauen
Wie keine unter allen Frauen,

So minniglich und wohlgestalt.
Gott helfe, dass wir werden alt."
Drauf thät er sanft die Frau umfangen
Und küsste Mündlein ihr und Wangen.

Nun mögt ihr weiter hören sagen
Von Hochgezeit und Festgelagen,
Wie man die edlen Gäste pflegte
Und wie sich Schenk und Truchsess regte.
Es wollte brechen fast der Tisch
Von Wild, Geflügel und von Fisch.
Aus Krügen und gebauchten Kannen
Die süssen Rebenbäche rannen,
Und laut ertönten Hof und Hallen
Von Geigenklang und Flötenschallen.
Da war kein Armer in der Stadt,
An diesem Tage ward er satt,
Und auch der Spielleut durst'ge Gilde
Pries laut der reichen Herrin Milde.
Die sassen fröhlich auf der Bank
Im Hof, und Speise ward und Trank
Jedwedem reichlich zugemessen. —
Ich wollt', ich wär' dabei gesessen.

Am Himmel zog der Sterne Heer,
Es war der Saal von Gästen leer,

Der junge Ritter aber schaute
Mit heissem Blick auf seine Traute.
Er winkte seinen Kämmerlingen
Und hiess sie eilig Lichter bringen
Und schritt mit seinem Weib in Ruh'
Dem stillen Brautgemache zu.

Doch als er kam zur Kammerthür,
Da stand ein Rittersmann dafür;
Der trug ein schleierweiss Gewand
Und winkte heimlich mit der Hand.
Der Graf erschrack, doch blieb er stehen
Und hiess die Frau zur Kammer gehen
Und sprach: „Was ich Euch zugeschworen,
Herr Ritter, bleibt Euch unverloren.
Kommt morgen früh bei guter Zeit,
Zu theilen bin ich dann bereit
Das reiche Gut, dass ich gewann
Mit Eurem Ross. Ein Wort ein Mann."

Der weisse Ritter aber sprach
Zum Grafen vor dem Brautgemach:
„Was hat der Sieger des Turnei's
Erstritten als den höchsten Preis?
Nun leugne, wenn du's leugnen kannst;
Es ist die Frau, die du gewannst."

Darauf der Graf: „Der Herre Gott
Vergebe Euch den losen Spott.
Sollt' ich die schöne Frau Euch geben,
Viel lieber liess' ich Leib und Leben."

„Es ist", versetzte drauf der Ritter,
„Versprechen leicht und Halten bitter.
Die Hälfte will ich vom Gewinne,
Die Hälfte von der Frauen Minne.
Heut ist sie mein und morgen dein;
Es kann einmal nicht anders sein.
Und willst du deinen Eidschwur brechen,
Sieh zu, der Himmel wird es rächen."

Graf Willekin erseufzte laut:
„Owehe, meine süsse Braut!
Ach, dass ich Armer nicht verstarb,
Bevor ich, Traute, dich erwarb.
Doch nimmer bricht der Treue Schwur
Graf Willekin von Montabur.
Du Arger, Falscher, nimm sie hin."
So sprach der Ritter Willekin
Und wandte von der Kammer sich
Und ging und weinte bitterlich.

Da strahlte hell wie Sternenlicht
Des weissen Ritters Angesicht,

Und zu dem Grafen sprach er so:
„Nun soll dein Herze werden froh.
Mich sandte Gott vom Himmel droben
Um deine Treue zu erproben.
Und willst du wissen, wer ich bin,
Du treuer Ritter Willekin?
Der todte Ritter, der durch dich
Aus Schmach erlöst ward, der bin ich.
Leb' wohl, ich muss von hinnen fahren;
Gott wird dein Weib und dich bewahren."

So sprach der Ritter und verschwand
Gleich einem Schatten an der Wand.
Graf Willekin, der treue Degen
Sprach leise einen frommen Segen,
Bekreuzte sich und ging darnach
Zu seiner Frau in's Brautgemach.

DIE REISE IN'S PARADIES.

Ging ein armes Schülerlein
Matt am Wanderstecken.
Rief die Bäurin; „Kommt herein!"
Bot ihm Brei und Wecken,
Und der wegemüde Gast
Setzte sich dahinter,
Ass und schlang in grosser Hast
Wie ein Wolf im Winter.
Um sich dann für Brot und Brei
Dankbar zu erweisen
Sprach der Schüler mancherlei
Ueber seine Reisen
·Und erzählte das und dies
Von Bologna und Paris.

Rief die Hausfrau: „Paradies?
Hab' ich recht vernommen?
Habt Ihr dort den Hans Tobies
Zu Gesicht bekommen?

Dieser war mein erster Mann
Und sein Sterben kläglich.
Seit den zweiten ich gewann,
Denk' ich seiner täglich."
„Freilich hab' ich den gekannt,"
Sprach der schlaue Fremde.
„Doch es mangelt ihm Gewand,
Und er geht im Hemde.
Wie die arme Seele fror,
Konnt' ich deutlich sehen;
An des Paradieses Thor
Muss sie bettelnd stehen."

Weinend sprach das gute Weib
Mit gerung'nen Händen:
„Möcht' ihm gern für seinen Leib
Wams und Mantel senden.
Speise auch und baares Geld
Schickt' ich gern dem Todten,
Aber wo in aller Welt
Find' ich einen Boten?"
„Frau, ich will der Bote sein,"
Sprach der Schelm verschlagen,
„Denn ich kehre wieder ein
Dort in vierzehn Tagen.
Hei, wie wird im Paradies
Jubeln Euer Hans Tobies!"

A. u. S.   2

Trug die Wirthin flugs herbei
Mantel, Rock und Schuhe,
Auch der blanken Gulden drei
Nahm sie aus der Truhe,
Und ein gutes Schinkenbein
Schlug sie in ein Tüchlein ein.
Der Vagante nahm den Sack,
Sagte: „Gott befohlen!"
Und entwich mit seinem Pack
Auf geschwinden Sohlen.

Bald darauf der Bauer kam,
Und die Frau erzählte.
Als er recht die Mär vernahm,
Wie er schalt und schmälte!
Dann sein bestes Ackerpferd
Band er von der Raufe,
Ritt von dannen stockbewehrt. —
Schülerlein, nun laufe!

Als der listige Gesell
Sah den Bauer traben,
Warf er seine Traglast schnell
In den Wegegraben,
Lehnte sich auf seinen Stab
Wie ein müder Wanderknab.

Hielt der Bauer an und frug:
„Heda! Saht Ihr Keinen,
Der ein weisses Bündel trug?" —
„Hei, das will ich meinen.
Als Ihr kamt, da ward ihm bang,
Durch den Sumpf er weiter sprang
Mit behenden Beinen.
So Ihr aber grosse Eil'
Habt den Schelm zu fangen,
Lauft ihm nach; ich halt' derweil
Eurem Ross die Stangen."

Stieg der Bauer ab vom Gaul,
Rannte scheltend weiter,
Und der Schüler war nicht faul,
Machte sich zum Reiter,
Thät sich freuen seiner List
Und von hinnen jagen. —
Was aus ihm geworden ist,
Weiss ich nicht zu sagen.

Als zu Fuss der Bauer kam
Spät nach Hause wieder,
Setzte er sich still und zahm
Auf das Bänklein nieder.

2*

Trat die Frau heran und frug:
„Hast du ihn gefunden,
Der das weisse Bündel trug,
So ich ihm gebunden?"
„Freilich", sprach der Mann, „ich gab
Ihm das Ross zur Reise,
Dass recht bald der wackre Knab
Kommt zum Paradeise.

DAS HÄSLEIN.

Zur Zeit, da man die Achren schnitt,
Ein Ritter auf das Waidwerk ritt
Mit einem Sperber und zwei Hunden.
Die hatten bald ein Wild gefunden;
Ein Häslein war es winzig klein,
Das flüchtete in's Korn hinein,
Dort aber haschte es ein Schnitter
Und brachte es dem jungen Ritter.
Der dacht': „Ich will es lassen leben
Und einem Kind als Spielzeug geben".
Er streichelte das Thierlein mild
Und trabte weiter durch's Gefild.

Ein Dorf an seiner Strasse lag
Und vor dem Dorf ein Rosenhag.
Darinnen stand am Gartenzaun
Ein Fräulein lieblich anzuschau'n,
An Jahren noch ein halbes Kind
Und fromm wie Gottes Engel sind.

Der Ritter grüsste, wie sich's schickt;
Und als die junge Magd erblickt
Das Häslein mit dem weichen Fell,
Da sprach sie zu dem Jäger schnell:
„Herr Ritter, habt nicht solche Eil'
Und sagt, ist Euch das Thierlein feil?
Es ist so zierlich und so klein,
Drum wollt' ich gern, es wäre mein."
Der Ritter sah die Jungfrau an,
Die war so lieb und woh'gethan;
Es schwante ihm ein Abenteuer,
Drum sprach er schnell: „Das Thier ist Euer.
Ich geb' es Euch, wie's leibt und lebt,
Wenn Ihr mir Eure Minne gebt."
Da sprach mit traurigem Gesicht
Die Jungfrau: „Minne hab' ich nicht,
Allein ich hab' in meinem Schreine
Ein Ringlein und zehn Bickelsteine
Und einen Gürtel noch von Seide,
Gar eine schöne Augenweide,
Gestickt mit Perlen und Topasen;
Den geb' ich Euch für Euren Hasen."

„Den Gürtel dein begehr' ich nicht,
Du liebes Engelsangesicht!
Allein nach deiner süssen Minne,
Du Traute, stehen mir die Sinne.

Drei Küsse nur vergönne mir,
So geb' ich dir das junge Thier."
"Nichts weiter?" sprach das schöne Kind.
"Steigt ab von Eurem Pferd geschwind,
Zertheilt der Rosen dicht Gesträuch
Und kommt herein und holt sie Euch."
Der Ritter sprang behend vom Ross,
Die Magd in seine Arme schloss
Und thät ihr rothes Mündlein kosen.
Da lachten im Geheg die Rosen,
Das Pferd, die Rüden braun und weiss,
Und auch der Sperber lachte leis.
Drauf ward das Häslein unverweilt
Dem jungen Fräulein zugetheilt.
Der Ritter schnell sein Ross beschritt
Und wohlgemuth von dannen ritt.

Die Jungfrau koste sanft den Hasen
Und tanzte lustig auf dem Rasen.
Darauf sie flink zur Mutter lief
Und athemlos vor Freude rief:
"O schaut die kleine Kreatur!
Drei Küsse war der Kaufschatz nur",
Und thät der Mutter haarklein sagen,
Was sich im Garten zugetragen.
Da war die Mutter sehr erschrocken
Und griff dem Mägdlein in die Locken

Und thät ihr gelbes Haar zerraufen. —
„Ich will dich lehren Hasen kaufen!"

Die Magd erging am andern Tag
Sich wiederum im Rosenhag.
Der Mutter Zürnen war ihr leid,
Drum sprach das Kind in Traurigkeit:
„Ach, dass der Ritter wieder käme
Und seinen Hasen wieder nähme!"
Und als sie's kaum gesprochen, kam
Herbei der Ritter lobesam
Und grüsste über's Rosengitter.
Da rief das Fräulein: „Halt Herr Ritter! .
Der Kauf, den ich mit Euch geschlossen,
Hat meine Mutter sehr verdrossen.
Wie hat sie mir das Haar gerauft,
Weil ich das Thier Euch abgekauft!
Drum, lieber Herr, seid gut und mild
Und nehmt zurück das kleine Wild
Und gebt die Küsse Stück für Stück,
Mir armen Mägdelein zurück."

Da sprach der Ritter grossmuthvoll:
„Was Ihr begehrt, geschehen soll."
Er sprang geschwind von seinem Schecken
Und schlüpfte durch die Rosenhecken,
Umschlang behend der Jungfrau Mieder
Und gab ihr ihre Küsse wieder.

So mild der Ritter sich erwies,
Dass er ihr auch den Hasen liess.
Drob dankte ihm die Jungfrau warm
Und nahm das Häslein auf den Arm
Und hüpfte wie ein junges Reh
In heller Freude durch den Klee.

Dann lief sie in das Haus hinein
Und rief: „Vielliebe Mutter mein,
Nun grollet länger nicht mit mir!
Der Rittersmann war wieder hier
Und gab mir, denkt nur, welches Glück,
Die Küsse allesammt zurück,
Das allerliebste, kleine Thier,
Den Hasen aber liess er mir."

Der Zorn der Mutter flammte helle.
Sie schlug die Tochter mit der Elle
Und zeterte und schalt sie recht
Und zauste ihr das Haargeflecht,
Dass bittre Thränen weinen musste
Die Magd, die nichts von Minne wusste.
Drauf gab die Mutter gute Lehre
Dem Kind von Sitte, Zucht und Ehre
Und sprach: „Nun lass das Weinen steh'n,
Denn was gescheh'n ist, ist gescheh'n,
Und halt' den Mund, dass nicht im Land
Dein Hasenhandel wird bekannt.

Verstrichen war ein volles Jahr,
Und Bräutigam der Ritter war.
Das Land erscholl von Jubellaut,
Und jeder lobte bass die Braut,
Die Geld und Gut besass genug
Und stolz die Jungfernschappel trug.
Es war an einem Maientag,
Da hielt der Ritter Hofgelag.
Die Flöten und die Harfen klangen,
Die Fahrenden zur Fiedel sangen.
Der Ritter trug ein Festgewand
Und hielt sein Fräulein an der Hand
Und blickte fröhlich auf die Schaaren,
Die zu dem Fest gekommen waren.
Da sah er in den Hof, den weiten
Zwei reichgeschmückte Frauen reiten.
Die eine war schon hochbetagt,
Die andre eine zarte Magd,
Die scheu die Augen niederschlug
Und auf dem Arm ein Häslein trug.
Und als der Ritter sie erschaut,
Da musst' er lachen überlaut.

„Was lacht Ihr?" frug die Braut geschwind,
Neugierig, wie die Frauen sind,
„Sagt an, was werdet Ihr so roth?"
Da kam der Ritter sehr in Noth.

Er hätte, wenn's gegangen wäre,
Verschwiegen gern die Hasenmäre,
Allein die Braut solang ihn plagte,
Bis er die völle Wahrheit sagte
Und ihr erzählte, wie das Kind
Um einen Hasen ihn geminnt
Und wie das Mägdlein unverweilt
Der Mutter solches mitgetheilt
Und wie er ohne Widerstreben
Den Kaufschatz ihr zurückgegeben.

Da lachte hell des Ritters Braut,
Als ihr die Märe ward vertraut
Und sprach: „Das arme Mägdelein
Muss wohl ein rechtes Thörlein sein.
Was du ihr that'st, hat mir gethan
Wohl hundertmal der Burgkaplan,
Doch hab' ich's immer klug verhehlt
Und meiner Mutter nie erzählt."

Vom Sessel auf der Ritter sprang,
Den Zorn er mühsam niederzwang.
Er wandte sich und schritt im Flug
Zum Fräulein, das den Hasen trug
Und scheusam bei der Mutter stand.
Er nahm sie bei der weissen Hand
Und rief in das Getümmel laut:
„Willkommen meine süsse Braut!"

Und gab ihr den Verlobungskuss;
Der schuf der Mutter nicht Verdruss.

Horch! Orgelton und Glockenklang
Und Pfaffenspruch und Chorgesang.
Das junge Paar zur Kirche schritt,
Den Hasen nahm die Mutter mit.
Da ward dem Ritter seine Braut
Durch Priestersegen angetraut.
Die erste Braut ward kurzer Hand
Zu ihrem Burgkaplan gesandt.
Dann schritten sie zum Hochzeitssaal
Und setzten sich zum Hochzeitsmahl.
Das Häslein mit zu Tische sass
Und Kraut von goldnem Teller ass.

Hier ist des Abenteuers Schluss.
Sich findet, was sich finden muss.

DIE FEDER IM BART.

Das war Herr Thedel Unverzagt,
Der Ritter von Walmode.
In alten Büchern ist viel gesagt
Von seinem Leben und Tode.
Er hatte von des Teufels List
Viel Ungemach zu leiden
Und starb als Ritter und guter Christ
In Livland unter den Heiden.
Und wenn ich des Helden Lebensgang
Zu Ohren ganz euch brächte,
So dauerten drei Tage lang
Die Mären und drei Nächte.
Nur eine bleibt euch nicht gespart;
Sie heisst: Die Feder in dem Bart.

Im Lande Braunschweig Herzog war
Herr Heinerich der Leue.
Dem diente manches liebe Jahr
Herr Thedel in grosser Treue,
Und weil er, was sein Herr begehrt,
Vollbrachte allerwegen,
So war dem Herzog lieb und werth
Der unerschrockene Degen.
Er liess an seinem Stuhl ihn steh'n
Und thät ihm reiches Gut zu Lehn
Und manches Kleinod geben. —
Doch hat das Glück ein Haus gebaut,
Der gelbe Neid in's Fenster schaut
Und siedelt sich daneben.

Der Herzog Heinrich sass beim Mahl
Und liess den Wein sich munden.
Herr Thedel war in's Wiesenthal
Geritten mit Falk und Hunden.
Da sprach der Herr: „Mir dient ein Mann,
Den alle Sänger feiern,
Wie keinen zweiten ich gewann
In Braunschweig, Sachsen und Baiern.
Er hat mit dem wüthenden Heer gejagt,
Kein Teufel macht ihn zittern. —
Es lebe Herr Thedel Unverzagt,
Der beste von allen Rittern!"

Nun sass vom Herzog nicht zu fern
Ein Neidhart in der Runde.
Der trat heran zum Sitz des Herrn
Und sprach mit höhnischem Munde:
„Herr Thedel, der Held von selt'ner Art,
Ich wette, ist auch zu schrecken.
Lasst morgen früh in Euren Bart
Eine weisse Feder stecken,
Und wenn Herr Thedel Unverzagt
Die Feder auszuziehen wagt
Mit seiner Hand, der kecken,
So schnappt und beisst ihm nach der Hand —
Ich setze meinen Kopf zum Pfand,
Es fasst ihn jäher Schrecken."
Herr Heinrich sprach dem Schelmen Dank
Und freute bass sich auf den Schwank.

Der Herzog schritt im Morgenschein
Zur Kirche Gott zu loben.
Er trug im Bart ein Federlein
Herrn Thedel zu erproben.
Der Ritter sah's und neigte sich
Die Feder zu entflechten;
Da schnappte Herzog Heinerich
Dem Helden nach der Rechten,

Herr Thedel aber gab sogleich
Dem Herzog einen Backenstreich
Und, glaubt mir, keinen schlechten.

Drob hat Herr Heinrich nicht geklagt;
Er sprach: „Bei Christi Wunden!
Du bist der Thedel Unverzagt,
Jetzt hab' ich's selbst empfunden.
Gieb mir die Hand und schweige still.
Wer meinen Thedel schrecken will,
Der ist nicht recht bei Sinnen.
Mir ward zum Lohn, was mir gebührt,
Doch wer mich zu der That verführt,
Der packe sich von hinnen!"

✿ ✿ ✿ ✿ ✿ ✿ ✿ ✿ ✿ ✿ ✿ ✿ ✿ ✿ ✿ ✿ ✿

FRAU VENUS IN BYZANZ.

Mit Gold bekleidet tausend Dächer
Die heisse Sonne von Byzanz,
Und Palmen spreizen ihre Fächer
Und baden sich im Sonnenglanz.
Aus stillen Gärten steigen Düfte
Vom blüthenschweren Rosendorn,
Und kühlend streichen Meereslüfte
   Vom goldnen Horn.

Wo in's Gefild die Strasse leitet,
Dem Markte fern und dem Bazar
Ein schlanker Knabe einsam schreitet
Mit lichtem Aug und gelbem Haar.
Vom Abendland herzugetragen
Hat ihn das Meerschiff durch die Fluth;
Er kehrt zurück in wenig Tagen
Und führt von hinnen reiches Gut.
Jetzt überschlägt er froh und heiter
Im Geist den köstlichen Gewinn
Und wandelt sacht die Strasse weiter,
   Denkt nicht, wohin.

A. u. S.

Da hemmt des Jünglings Schritt ein Garten
Von süssem Rosenduft umweht.
Ein Thor von goldnen Helleparten
Mit beiden Flügeln offen steht.
Im Grünen stehen traumverloren
Die Heidengötter rings umher,
Hier Aphrodite schaumgeboren
Und Ares dort mit Schild und Speer.
Der Satyr lauscht aus Myrtenhecken,
Die Nymphe schlummert im Jasmin,
Tritonen ruh'n am Marmorbecken,
Und Wasser sprudelt der Delphin.
Auf buntem Sandweg buhlt die Taube,
Es schlägt sein Rad der stolze Pfau,
Und schimmernd steigt aus dunklem Laube
  Ein Säulenbau.

Und wie der Fremde durch die Gänge
Mit leichten Schritten vorwärts dringt,
Vernimmt er plötzlich Lautenklänge,
Und eine süsse Stimme singt:

  O Sonne am Himmelsbogen,
  Wie ist dein Ziel so fern!
  Wann tauchst du in die Wogen?
  Wann funkelt der erste Stern?

Schon schlagen die Nachtigallen
Im stillen Lorbeerwald,
Und müde Blüthen fallen. —
Geliebter kommst du bald?

Ich schmücke mein Haar mit Kettchen,
Mit Perlen und edlem Gestein,
Mit duftigen Rosenblättchen
Bestreu' ich das Lager mein.
Ich lausche, ob durch die Gemächer
Der Schritt des Trauten schallt;
Die Sonne vergoldet die Dächer. —
Geliebter kommst du bald?

Es lauscht der Fremde mit Entzücken
Und steht mit vorgeneigtem Leib.
Und sieh, da beugt vor ihm den Rücken
Zum Gruss ein altes Mohrenweib.
Sie deutet nach des Hauses Schwelle
Und spricht: „Die Herrin wartet dein,"
Und geht, der freudige Geselle
Mit raschen Schritten hinterdrein.
Er steht im hohen Marmorsaale
Und mustert staunend Glanz und Glast.
Da tritt mit einer vollen Schale
Ein schöner Knabe vor den Gast.

Die weisse Stirn in braunen Wogen
Das nardenduft'ge Haar umspielt;
Dem Knaben gleicht er, der mit Bogen
Und Pfeil nach Menschenherzen zielt.
Der Fremde trinkt, und Gluth des Feuers
In allen Adern er verspürt,
Und froh des künft'gen Abenteuers
Folgt er dem Knaben, der ihn führt.
Ein Tuch wie Morgennebel luftig
Der schöne Führer lächelnd hebt,
Und eine Wolke rosenduftig
Dem fremden Gast entgegen schwebt.
Er sieht vom Abendschein umflossen,
Mit Schleiern leicht umhüllt den Leib,
Auf Tigerhäute hingegossen
  Das schönste Weib.

Ihr Haar umwallt in dunklen Strähnen
Das marmorbleiche Angesicht,
Ein Schimmer blinkt von ihren Zähnen,
Als sie mit süsser Stimme spricht:
„Ach, lange bist du fern geblieben,
Doch, dass du kommst, ich hab's gewusst,
Denn in den Sternen steht's geschrieben,
Dass du mich endlich finden musst.“

Und ihre feuchten Augen blinken
Ruchlos und wieder kinderfromm.
Wer widerstände solchem Winken? —
    „Geliebter komm!"

Im Garten schlagen Nachtigallen,
Und lauter rauscht der Wasserstrahl,
Am dunklen Abendhimmel wallen
Die Silbersternlein ohne Zahl.
Auf Haus und Garten ist gesunken
Der Schleier, den die Nacht sich spann.
Die schönste Frau küsst minnetrunken
    Ein sel'ger Mann.

Die Sonne kam und ging zur Rüste,
Die Zeit verstrich wie Vogelflug.
Wann kehrt das Schiff zur heim'schen Küste,
Das nach Byzanz den Fremden trug?
Es zieht und zerrt am Ankertaue
Und sehnt sich nach der off'nen See.
Sein Herr vom Netz der schönen Fraue
Umstrickt vergass das Heimatweh.
Im ersten Dämmerschatten eilt er
Zum Marmorhaus im Gartenhag;
Bei seiner holden Trauten weilt er
Die Nacht und träumt von ihr bei Tag.

Und Baldekin und Purpurseide
Bringt er als Liebesgaben dar
Und schmückt mit Perlen und Geschmeide
  Ihr dunkles Haar.

So warf er in der Minne Bronnen
Mit voller Hand das reiche Gut,
Bis seine Habe war zerronnen
Wie Schnee in heisser Sonnengluth.
Er trat in grossem Herzeleide
Vor seine Frau und sprach das Wort:
„Du meiner Augen süsse Weide,
Fahr' wohl! Zur Heimat zieh' ich fort.
Mein schnelles Schiff ist segelfertig,
Und morgen trägt's das off'ne Meer.
Du harre mein und sei gewärtig
In kurzer Frist der Wiederkehr.
Jetzt bin ich arm, doch komm' ich wieder
Beladen mit ererbtem Gut;
Das leg' ich dir zu Füssen nieder,
Dazu mich selbst mit Leib und Blut.
Könnt' ich den Meeresschaum, den weissen
Zertheilen wie das Fischgeschlecht,
Die Perlenkrone wollt' ich reissen
Der Meerfrau aus dem Haargeflecht.

Und wenn ich Adlerflügel hätte,
Auf zum Orion schwäng' ich mich
Und raubte seine Sternenkette
  Für dich, für dich."

"Ein Männerschwur," versetzt die Holde,
"Sieht aus wie Stahl und reisst wie Flachs;
Der Männer Treue gleicht dem Golde,
So rühmt ihr, und sie schmilzt wie Wachs.
Doch meinst du's ernst mit deinen Schwüren,
So gieb, du Trauter, mir ein Pfand.
Komm, lasse mich zu Munde führen
Zum Abschied deine rechte Hand."
Sie sprach's, und ohne Arg zu wähnen
Der Jüngling ihr die Rechte gab.
Ein jäher Schmerz. — Mit scharfen Zähnen
Biss sie den kleinen Finger ab.
Sie saugt das Blut mit ihrem Munde
Und weint auf die versehrte Hand.
Dann pflegt sie liebevoll die Wunde
Und birgt den Finger im Gewand.
"Wohl", spricht sie, "mag der Wunde brennen,
Ich selber leide grössre Pein;
Doch ob uns sieben Meere trennen,
Jetzt halt' ich dich, jetzt bist du mein.

Fahrwohl! Ich wahre dir indessen
In steter Treu dein Minneglück.
Das Wundmal wehrt dir das Vergessen;
  Du kehrst zurück."

Das Meerschiff trug zum heim'schen Sunde
Den jungen Kaufherrn durch die Fluth.
Verflogen ist der Schmerz der Wunde,
Doch nicht der Minne heisse Gluth.
Die lässt ihn ruhen nicht und rasten,
Er bietet all sein Gut zu Kauf
Und füllt das Schiff mit goldnen Lasten
Und lenkt nach Süden seinen Lauf.
Das Fahrzeug fuhr mit gutem Winde,
Schon rauscht im Griechenmeer der Kiel,
Und fröhlich jauchzt das Schiffgesinde
Entgegen dem erstrebten Ziel.
Die blauen Wellen spiegeln wider
Der Prachtgebäude reichen Kranz,
Die Anker sinken rasselnd nieder. —
  Gegrüsst Byzanz!

Nun rührt vom Abend bis zum Morgen
Die Schaar der Knechte Fuss und Hand,
Bis alles Schiffgut wohl geborgen
Und aufgestapelt ruht am Land.

Dann wählt die köstlichsten der Gaben
Von seinem Gut der Kaufherr aus
Und sendet sie durch Botenknaben
Der schönen Herrin in das Haus.
Er selber aber steigt zu Rosse
Mit reichen Kleidern angethan
Und reitet nach dem Marmorschlosse
Die alte, wohlbekannte Bahn.
Geöffnet sind des Thores Flügel,
Ein schwarzer Diener grüsst den Gast
Und hilft ihm aus dem Silberbügel
Und führt den Jüngling zum Palast.
Der aber eilet dem Geleite
Voraus mit ungeduld'gem Lauf,
Der Nebelvorhang rauscht zur Seite. —
    Herz jauchze auf!

Da steht die liebe Augenweide
Im weissen, schimmernden Gewand,
Um Hals und Brust das Prachtgeschmeide,
Das ihr der Buhle hat gesandt.
Das Haar umwallt in dunklen Strähnen
Ihr marmorbleiches Angesicht,
Ein Schimmer blinkt von ihren Zähnen;
Sie neigt sich vor dem Gast und spricht:

„Wie deute ich die reichen Spenden,
Mit denen Ihr mich, Herr, bedenkt,
Die Schätze, die mit vollen Händen
Ein Fremder einer Fremden schenkt?" —
„O", ruft er, „trübe nicht die Stunde
Durch Scherz, du meines Lebens Glück!" —
Sie aber spricht mit ernstem Munde:
„Ihr irrt Euch Herr", und tritt zurück.
Aus seinen Wangen weicht die Farbe,
Er streckt nach ihr die rechte Hand
Und bebt und ruft: „Sieh diese Narbe!
Bin ich dir jetzt noch unbekannt?" —
Da hebt das Weib als wie aus Träumen
Erwacht die Hand zur Stirn empor,
Und aus dem Busen ohne Säumen
Zieht sie ein seltsam Ding hervor
Und legt es vor den Jüngling nieder.
Der starrt von jähem Schreck gerührt
Auf eine Handvoll Fingerglieder
Wie Schlüssel an ein Band geschnürt.
Sie weist auf die verkrümmten Finger
Und bricht in helles Lachen aus.
„Nun Freund, betrachte dir die Dinger
Und nimm, was dir gehört, heraus."
Da steht entsetzt der Schreckensbleiche,
Von seinen Lippen gellt ein Schrei:
„Entweiche Teufelin, entweiche!
    Gott steh' mir bei!"

Da zucken Flammen, sprühen Funken,
Und krachend folgt ein Donnerschlag.
Die Marmorhalle ist versunken,
Verschwunden ist der Gartenhag.
Der Jüngling sieht im Mondenschimme
Auf öden Feldern sich allein,
Er hört der Eule Klaggewimmer,
Und Schauer rüttelt sein Gebein.

Er ist darnach noch lange Jahre
Im fremden Land umhergeirrt,
Er kehrte heim mit weissem Haare
Als Greis verarmt und sinnverwirrt.
Die Hörer lauschten mit Ergetzen
Der Schauermär des Morgenlands,
Erzählte er von seinen Schätzen
Und von der Venus in Byzanz.

DAS AUGE.

War einst ein Ritter hochgemuth
Und reich an Ehren und an Gut,
Doch hässlich von Gesicht und Leib.
Derselbe nahm ein junges Weib,
Vor Mängeln wohl geborgen
Und strahlend wie der Morgen.
Ihr Herr, so missgestalt er war,
Von Antlitz narbig, roth von Haar,
Ihr schien er hold wie Absalon,
Der langgelockte Königssohn.
An fester Treu' ein Adamas,
An Zucht ein lautres Spiegelglas,
So galt die Fraue weit und breit
Als Blume reiner Weiblichkeit.

Nun hört: Es gab im Mai
Der König ein Turnei.
Da schwang sich auf sein gutes Pferd
Behend der Ritter stahlbewehrt,
Nahm Urlaub von der Fraue
Und trabte durch die Aue.

Und als er in die Schranken lenkte
Und kampfesfroh die Lanze schwenkte
Sein Rösslein tummelnd in der Bahn,
Gleich rannte ihn ein Ritter an,
Dem er den Harnisch brach
Und durch die Schulter stach.
Doch wehe! Durch des Helmes Gitter
Flog ihm ein scharfer Lanzensplitter,
Der ihm des einen Auges Schimmer
Verdunkelte für heut und immer.
Das Blut ihm aus dem Helme floss;
Man hob ihn sänftlich von dem Ross
Und thät ihn auf der Herberg pflegen.
Da lag er nun, der sieche Degen
Und krümmte schmerzlich seinen Leib
Und dachte an sein schönes Weib.
Er litt um sie die grösste Pein;
Sein Leid war ihr's, das ihre sein.

Dem Ritter diente im Gesind
Ein junger Knapp, sein Schwesterkind.
Den rief zu sich der wunde Mann
An's Bett, und also er begann:
„Den Sattel lege auf dein Ross
Und reite flugs zu meinem Schloss
Und melde meiner lieben Fraue,
Dass ich sie nimmer wieder schaue.

Ich war schon missgestalt zuvor,
Dazu ich nun ein Aug verlor.
Ich will mit meinem Blick, dem scheelen
Das treue Weib nicht fürder quälen.
Ich lass' ihr alles, was ich habe
Und reite nach dem heil'gen Grabe.
Vielleicht, dass eine Heidenschlacht
Ein Ende meinen Leiden macht.
Und sag' ihr, dass ich dankbar blieb
Für ihre Treu und ihre Lieb
Und dass mein Herz zu jeder Frist
Bei meinem süssen Weibe ist."
So sprach mit bleichem Munde
Zum Schwestersohn der Wunde.

Der Knapp sein schnelles Ross beschritt
Und trauervoll von dannen ritt.
Dem Treuen schuf es Leid genug,
Dass er so trübe Botschaft trug.
Und als er kam an's Zwingerthor,
Da stand die edle Frau davor
Und sprach: „Du sollst willkommen sein!
Sag' an; ist froh der Herre mein?"
„Ach Fraue", sprach der Edelknecht,
„Die Botschaft, die mir ward, klingt schlecht.
Als unser Herr die Lanze brach,
Ein Ritter ihm in's Auge stach.

Nun hat er halb geblendet
Als Boten mich gesendet.
Er selber aber kehret nicht
Und meidet Euer Angesicht."

Die Fraue Thränen viel vergoss,
Dann sprach sie: „Wende schnell dein Ross
Und bring' ihn mir, den wunden Mann,
Dass ich ihn sänftlich pflegen kann.
Er soll mir werth und theuer sein
Mit einem Auge wie mit zwei'n."

Da weinte der getreue Knecht
Und sprach: „Hört nur die Botschaft recht
Er reitet in das heil'ge Land
Und lässt Euch all sein Gut zum Pfand
Und danket Euch durch mich auf's Neue
Für Eure Lieb und Eure Treue;
Es bleibe, wo er möge reiten,
Bei Euch sein Herz für alle Zeiten."

Da sprach die Frau: „So harre mein;
Bald soll die Antwort fertig sein."
Drauf ging in ihrer Kemenate
Das treue Weib mit sich zu Rathe.
„Nun helfe, was da helfen kann,
Dass ich dem unglücksel'gen Mann

Benehme seines Zweifels Schwere."
Sie sprach's und griff zu einer Schere
Und stach mit fester Hand — o Graus! —
Sich eins der lichten Augen aus.
Dann stieg sie blutgeröthet wieder
Zum Boten in den Schlosshof nieder,
Der angstgeschreckt vom Sitze sprang
Und jammernd seine Hände rang.
Die Fraue aber sprach zum Knappen:
„Nun tragen wir das gleiche Wappen,
Ein Auge ich, ein Auge er. —
Nun reit' und bring' ihn wieder her!"

Der Bote flog, der Ritter kam. —
Hier schliesst die Märe wundersam,
Und Bürge, dass sie Wahrheit sei,
Herr Herrand ist von Wildonei.

DER TEUFEL UND DER ARZT.

Da, wo die Engel Hörner tragen,
Fiel's einem jungen Teufel ein
Dem led'gen Stande zu entsagen
Und sich ein junges Weib zu frei'n.
Nun aber war es in der Hölle
Mit Frauen grade schlecht bestellt;
Drum wanderte der Junggeselle
Entschlossen auf die Oberwelt,
Versteckte Hörner, Schweif und Klauen
Und seinen leid'gen Pferdehuf
Und musterte die Erdenfrauen,
Was ihm der Freuden viele schuf.
Denn was sich sehnte nach der Haube,
Nach Ehering und Brautgemach,
Flog wie der Sperling nach der Traube
Dem minniglichen Teufel nach.

A. u. S.   4

Auch liess ihn keine Schöne büssen
Für sein bedenklich Hinkebein,
Denn wandelt wer auf Freiersfüssen,
Darf einer auch ein Pferdsfuss sein.

So trieb's im Land der junge Freier
Erfolgreich viele Wochen lang,
Bis eine Frau im Wittwenschleier
Mit festem Netze ihn umschlang,
Bis vor den Füssen seiner Schönen
Der liebeswunde Teufel lag
Und flötete in süssen Tönen
Von Eheglück und Hochzeitstag.
Sie hiess den Werber schön willkommen
Und gab ihm beides, Herz und Hand. —
Wie er sich am Altar benommen,
Das ward mir leider nicht bekannt.
Doch will ich wahrheitstreu berichten,
Dass er beim Fest sich gut benahm
Und streng erfüllte seine Pflichten
Als liebevoller Bräutigam.

Gleich aber nach dem Brautgelage
Am andern Morgen ward ihm klar,
Dass leider seiner guten Tage
Der Hochzeitstag der letzte war.

Mit Keifen wechselte und Schelten
Bald Klagelied, bald Widerstreit,
Und gute Worte waren selten
Wie Kirschen um die Weihnachtszeit.
Auch wollten nicht die Mittel reichen,
Da Sie des Geldes leider bar
Und Er, wie viele seinesgleichen,
Von Haus ein armer Teufel war.
Da ward er strenge angehalten
Von seinem Weib bei kargem Schmaus
Zu Wassertragen, Klötzespalten
Und andrer Thätigkeit im Haus.
Es schwand der Arme wie ein Schatten,
Und Zweifel quälten ihn dabei,
Wer von den beiden Ehegatten
Der eigentliche Teufel sei.
Da sprach der Höllensohn mit Grämen:
„Das soll der Teufel halten aus!"
Und ohne Abschied erst zu nehmen
Verliess er schleunig Weib und Haus.

Nun thät die gleiche Strasse fahren
Ein fremder Arzt aus Padua,
Der mit erles'nen Kräuterwaaren
Und Theriak das Volk versah.

4*

Der kam gelegen just dem Andern,
Er gab ihm Stand und Schicksal kund
Und schloss alsdann im Weiterwandern
Mit dem Gelahrten einen Bund.

In Eintracht schritten beide weiter
Und kamen an ein Städtlein schnell.
Dort sprach zum Doktor der Begleiter:
„Nun höre meinen Rath, Gesell!
Ich weiss von einem argen Richter,
Der ist der reichste Mann der Stadt,
Der schlimmste aller Bösewichter,
Der oft das Recht gebogen hat.
In diesen Richter will ich fahren
Und quälen ihn nach Teufelsbrauch,
Bis ihm der Angstschweiss von den Haaren
Tropft wie der Thau vom Dornenstrauch.
Dann komme du heran und treibe
Mit einem Segensspruch mich aus,
So fahr' ich aus des Kranken Leibe
Und harre dein am Thore drauss.
Und von dem Richter für die Heilung
Erbitte zwanzig Gulden dir;
Die bringst du treulich mir zur Theilung,
Zehn Gulden dir und zehne mir.“

Gesagt, gethan. Es liess sich bannen
Vom Medikus der Höllensohn.
Er fuhr mit Wuthgeheul von dannen,
Und dreissig Gulden war der Lohn.
Der ungerechte Doktor aber
Mit schnöder Hinterlist verfuhr,
Denn statt der fünfzehn Gulden gab er
Dem armen Teufel zehne nur.
Der Teufel liess sich schweigend prellen
Und schluckte hinter den Verdruss,
Doch er beschloss ein Bein zu stellen.
Dem hinterlist'gen Medikus.

Sie fanden, als sie fürbass wallten,
Ein stattlich Kloster reichbegabt.
Dort thät der Teufel Einkehr halten
Und fuhr behende in den Abt.
Bald kam der Doktor auch zur Stelle
Und rief: „Du böser Geist, fahr' aus!"
Da lachte höhnisch sein Geselle
Und grunzte aus dem Abt heraus:
„Du arger Schelm hast mich bestohlen;
Ich weiche nicht vor einem Dieb!" —
Es stand der Medikus auf Kohlen,
Der leid'ge Unhold aber blieb.

Da rief der Doktor schnell besonnen:
„Heda, mein Freund, nun komm hervor!
Dein Eheweib, dem du entronnen,
Steht unten vor dem Klosterthor." —
Da packte Frost des Teufels Glieder,
Er fuhr aus des Besess'nen Leib
Und hinkte in die Hölle wieder.
Da lebt er heut noch ohne Weib.

DAS SCHRÄTLEIN UND DER WASSERBÄR.

Wer gern zu lust'gen Mären lacht,
Der höre zu, der gebe Acht.
Glaubt mir, ich lache selber gern,
Hält Lachen mir nicht Sorge fern.
Geheissen ist die Abendmär:
Das Schrätlein und der Wasserbär.

Es sass ein König in Norwegen,
Ein kühner, auserwählter Degen,
Der mit dem Vogt von Dänenland
In Freundschaft lange Jahre stand.
Einst sandte er, den Freund zu ehren
Ihm einen zahmen Wasserbären;
Ein weisser war es, gross und stark,
Den schickte er nach Dänemark.
Ein Bauer ihn begleiten musste,
Der ihn am Seil zu leiten wusste
Da fuhren über's Meer
Der Normann und der Bär.

Und als zu Lande kam das Schiff,
Des Thieres Seil der Mann ergriff
Und schritt dahin bis Abends spat,
Da beiden Noth das Rasten that.
Nun lag am Weg ein stattlich Haus;
Reich wie ein Edelhof sah's aus,
Doch traurig stand der Wirth im Thor.
Da sprach der gute Normann vor
Und bat ihm und dem Bären
Ein Obdach zu gewähren.

Der Däne sprach· „Willkommen hier!
Doch sagt, was ist das für ein Thier
So ungefüg und sonderbar?
Ein Meereswunder ist's wohl gar?"
Der Normann sprach: „Nun fasset Muth.
Das Thier Euch nichts zu Leide thut.
Es ist ein zahmer Wasserbär;
Mein Herr, der König schickt ihn her
Und will ihn zum Gedenken
Dem Dänenkönig schenken.
Drum, lieber Herr, vergönnet mir
Gelass für mich und für das Thier."

Der Wirth des Hauses seufzend sprach:
„Ich gäb' Euch gern ein gut Gemach.

Doch muss ich fürchten, dass Euch graust,
Weil ein Gespenst im Hofe haust.
Noch sah ich's selbst zu keiner Frist,
Allein ich weiss, wie arg es ist.
Es schlägt mit einer Faust wie Blei,
Was es erreichen kann, entzwei.
Die Töpfe und die Pfannen,
Die Krüge, Kessel, Wannen,
Die Tische, Stühle, Bänke,
Die Laden und die Schränke,
Das Ofenbret, den Ofenstein
Schlug mir der Unhold kurz und klein.
Drum zog ich aus mit Ross und Rind,
Mit Kind und Kegel und Gesind."

Der Normann sprach: „Ihr dauert mich;
Doch sind wir müd, der Bär und ich.
Drum lasst uns ein. Vielleicht, dass Gott
Mich schütze vor des Teufels Spott."
Darauf der Däne: „Wollt Ihr's wagen,
Ich will Euch Herberg nicht versagen."
Und führte ihn in's Haus und bot
Dem müden Gaste Salz und Brot,
Auch Schmalz und Rüben, Fleisch und Bier
Und einen Widder für das Thier.
Dann ging des Hauses Wirth von hinnen;
Die beiden Gäste blieben drinnen.

In's Backhaus ward der Bär geführt.
Ein lustig Feuerlein geschürt,
Drauf fielen über's Essen her
Der Normann und der Wasserbär
Und tilgten Fleisch und Wecken
Wie wegemüde Recken.
Als jeder nun nach seiner Weise
Gesättigt sich an Trank und Speise,
Auf eine Bank der Mann sich streckte,
Der Wasserbär die Tatzen leckte,
Und beide schliefen ein am Feuer. —
Und jetzt beginnt das Abenteuer.

Aus einem Winkel plötzlich sprang
Ein Schrätlein dreier Spannen lang.
Ein rothes Käpplein trug der Wicht,
Und greisenhaft war sein Gesicht.
Doch schien das Männlein stark genug,
Dieweil es einen Bratspiess trug
Von Schmiedeeisen lang gestreckt,
Mit einem Bratenstück besteckt.
Das Schrätlein in die Kohlen blies
Und drehte fleissig seinen Spiess.
Doch ehe noch der Braten gar,
Nahm es den Wasserbären wahr.
Es sprang vom Herd empor und schrie:
„Du Ungethüm, was willst du hie?"

Und thät mit Kraft den Bratspiess packen
Und schlug den Bären in den Nacken.
Der Bär dem Wicht die Zähne wies.
Der sprang davon mit seinem Spiess
Und hockte sich zum Feuer nieder.
Dann lief er zu dem Bären wieder
Und gab ihm einen zweiten Hieb,
Der auch noch ungerochen blieb.
Vom Braten troff das Fett zu Thal,
Da thät der Wicht zum drittenmal
Sich an den Wasserbären wagen
Und derb ihn auf die Nase schlagen.

Jetzt aber war das üble Spiel
Dem müden Bären doch zuviel.
Hei, wie er auf das Wichtlein sprang
Und mit den Pranken es umschlang!
Mit seinen Krallentatzen
Thät er es arg zerkratzen
Und zerrt' es hin und her;
Da schrie das Schrätlein sehr.
Doch war der Kleine auch nicht faul;
Er griff dem Bären in das Maul
Und setzte tapfer sich zur Wehr.
Da heulte laut der Wasserbär.
Sie rangen und sie rauften,
Sie winselten und schnauften,

Sie bissen sich und balgten sich,
Zerschlissen und zerwalkten sich;
Es lag im wilden Toben
Bald Bär, bald Schrätlein oben.

Der gute Normann sich verkroch
Vor Aengsten in das Ofenloch
Und sah mit Zittern und mit Bangen,
Wie beide miteinander rangen.
Das währte bis um Mitternacht,
Da ward dem Streit ein End gemacht.
Das arge Schrätlein floh
Und barg sich — wer weiss, wo?
Der Sieger thät sich strecken
Und seine Wunden lecken.

Gewichen war die Nacht dem Morgen.
Da kam der Wirth in grossen Sorgen
Und rief: „Mich freut's, dass Ihr zur Zeit
Noch unter den Lebend'gen seid."
Drob dankte ihm der Normann sehr
Und ging; der Bär schritt hinterher.

Der Hauswirth nahm den Pflug zur Hand
Und ackerte sein Gerstenland,
Und wie er seine Stiere lenkte,
Die Pflugschar in die Scholle senkte,

Da lief herzu der Schrate klein
Und stellte sich auf einen Stein.
Sein rothes Käpplein war zerrissen,
Zerkratzt sein Leib und arg zerbissen,
Er rief dem Pflüger dreimal zu
Mit schriller Stimme: „Hörest du?"
Dann schrie der Wicht: „Ei sag' mir doch,
Lebt deine grosse Katze noch?"

Da sah der gute Ackermann
Das schlimm zerfetzte Schrätlein an
Und sprach: „Ei freilich lebt sie mir,
Du böser Wicht, und denke dir,
Sie hat geheckt in jüngster Nacht
Und sieben Junge mir gebracht,
Und alle sieben Katzenkind
Der alten Katze ähnlich sind
Und haben scharfe Zähn' und Krallen. —
Sieh nach, sie werden dir gefallen."

Da rief das Schrätlein sehr erschreckt:
„Was, deine Katze hat geheckt?"
Und sprang im Kreis herum und schrie:
„Pfi, sieben junge Katzen, pfi!
Mir hat schon eine warm gemacht,
Nun aber sind es ihrer acht.

Wie kann ich da entrinnen?
O weh, ich muss von hinnen!"

So sprach das Schrätlein und entfloh.
Da war der Bauer herzlich froh
Und zog mit Mann und Maus
In sein erlöstes Haus.
Da lebt er noch mit Weib und Kind,
Wofern sie nicht gestorben sind.

DER STEIN DES VIRGILIUS.

Ein weiser Meister war Virgil,
Ein Zaubrer auserkoren;
Von seinen Künsten melden viel
Die heidnischen Skriptoren.
Es gab von seiner Meisterhand
Ein steinern Mannsbild Kunde.
Dasselbige am Markte stand
Zu Rom mit offnem Munde,
Und wer von Eid und Treue liess
Und hatte falsch geschworen
Und in den Mund die Rechte stiess,
Dem ging die Hand verloren;
Das Zauberbild mit einem Biss
Die Rechte ihm vom Arme riss.

Nun sass zu Rom in jener Zeit
Ein Kaiser hoch an Jahren,
Und Einer, der im Alter freit,
Kann mancherlei erfahren.

Man trug ihm eine Märe hin,
Die ihn gewaltig schmerzte,
Die Märe, dass die Kaiserin
Ein junger Ritter herzte.
Da sprach der Kaiser voll Verdruss:
„Zum Eid will ich sie zwingen.
Der Zauber des Virgilius
Soll mir Gewissheit bringen."
Die schöne Frau war gleich bereit
Und sprach: „Ich schwöre jeden Eid."

Es zogen nach dem Steine hin
Am festgesetzten Tage
Der Kaiser und die Kaiserin
Mit ihrem Hofgelage.
Und als sie vor dem Bilde stand,
Da kam herbei gelaufen
Ein Narr im scheckigen Gewand
Und theilte flugs den Haufen.
Er riss die Frau an seine Brust
Und lachte wie von Sinnen
Und küsste sie nach Herzenslust
Und wich behend von hinnen.
Die Herrin aber seufzte schwer,
Und ihre Thränen rannen.
Mitleidig standen ringsumher
Die Frauen und die Mannen.

Dann stiess sie ihre Rechte tief
Dem Bildniss in den Mund und rief:

„Kein andrer Mann hat mich berührt —
Ich schwör's mit heil'gem Eide —
Als der des Reiches Scepter führt
Und der im Narrenkleide."
Sie zog die unversehrte Hand
Dem Steinbild aus den Zähnen,
Und tief gerührt der Kaiser stand
Und weinte Freudenthränen.

Ihr Buhle aber zog zu Haus
Die Narrenkleider lachend aus.

DER RITTER VOM HÜHNERNEST.

Es rauschen und schäumen die Wogen,
Darüber die Wolken zieh'n;
Ein Schifflein kommt gezogen
Geschwind wie ein Delphin.
Ein Jüngling steht am Steuer
In ritterlicher Wehr,
Der fährt auf Abenteuer
Nach Cypern über das Meer.

Dort sass ein reicher König,
Der übte grosse Gewalt;
Die Insel war ihm fröhnig,
Er selbst war grau und alt.
Doch wie die Blüthenranke
Die morsche Weide umspinnt,
So hegte den Greis das schlanke,
Lenzfröhliche Königskind.
Er sprach zu seinem Kinde:
„Ich spüre der Krone Wucht.
Es treibt mit schnellem Winde
Mein Lebensschiff zur Bucht.

Dir lass' ich all mein Erbe,
Die Leute und das Land.
Wer aber, wenn ich sterbe,
Hält über dir die Hand?
Den ich als Sohn begrüsse,
Das sei der beste Mann.
Nun höre, du Liebe, Süsse,
Was schlaflos ich ersann.
Ich lasse ein Lanzenrennen
Durch alle Reiche melden;
Dann mag ich selbst erkennen
Den ersten aller Helden,
Und wer von den edeln Gästen
Nicht aus dem Sattel wich,
Dem geb' ich als dem Besten
Die Krone, das Land und dich."

So hat der König gesprochen,
Zufrieden war's die Magd.
Da ward auf zwanzig Wochen
Das Hoffest angesagt.
Aus deutschem und wälschem Lande
Die Ritter waren geladen
Und zogen nach Cyperns Strande
Auf wogenden Wasserpfaden.

Und jeder wähnte eitel
Zu ernten den reichen Lohn
Und fühlte auf seinem Scheitel
Den goldenen Reifen schon.
Ach, wie so manchen bitter
Die gleissende Hoffnung betrog! —
Nun wisst ihr, was den Ritter
Nach Cyperns Küste zog.
Er kam aus nordischen Gauen;
Herr Heinrich hiess der Held,
Die Augenweide der Frauen,
Der Schreck der Feinde im Feld.

Es trieb durch die Wasserwüste
Den Kiel der Seewind scharf,
Bis dass an Cyperns Küste
Das Schiff die Anker warf.
Da stieg aus schwankem Boote
Der Ritter und sah mit Lust
Erglänzen im Sonnenrothe
Die Zinnen von Famagust.
Er sprach: „Mein Knapp, nun laufe
Mit flinken Füssen voraus,
Zwei starke Rosse kaufe
Und miethe ein Herberghaus;
Und ist's gescheh'n, so eile
Zu deinem Herrn alsbald.

Ich harre dein derweile
Allhier im grünen Wald."

An einem kühlen Bronnen
Herr Heinrich rastend sass.
Es spielten im Glast der Sonnen
Die Würmlein in dem Gras,
Um Hyacinthen flogen
Die Falter, die ruhelosen,
Und summende Bienen sogen
An wilden Veilchen und Rosen.
Da schwang vom Ast sich nieder
Ein Vöglein in den Klee.
Es schimmerte sein Gefieder
Wie frisch gefall'ner Schnee.
Es liess sein Stimmlein schallen
Wie Silberglocken rein
Und aus dem Schnabel fallen
Zu Boden einen Stein.
Dann flog's zum Waldesdunkel,
Der Ritter aber fand
Den köstlichsten Karfunkel
Und nahm ihn in die Hand.
Er hielt dem Licht entgegen
Das Kleinod, roth wie Blut;
Da ward dem jungen Degen
So wundersam zu Muth,

Als zögen des Steines Flammen
Durch Mark ihm und Gebein.
Es schmolz sein Leib zusammen,
Er wurde winzig klein,
Er thät sich niederbücken
Zum Wasserspiegel klar
Und sah mit hohem Entzücken,
Dass er ein Vogel war.

Da hob er sich geschwinde —
Ihn dünkte leicht die Last —
Er flog empor zur Linde
Und wiegte sich auf dem Ast,
Er strich mit Schwalbenschnelle
Hoch über der Zweige Gitter,
Dann flog er wieder zur Quelle
Und wandelte sich zum Ritter.
Er barg den Stein, den rothen
Und pries des Himmels Huld
Und harrte seines Boten
In freudiger Ungeduld.

Nicht lang, so scholl durch die Bäume
Des kommenden Knappen Ruf;
Er führte am Gezäume
Zwei Rosse von starkem Huf.

Da ward dem jungen Degen
Mit Stahl umhüllt die Brust.
Er ritt dem Glück entgegen
Durch's Thor von Famagust.

An's Fenster liefen die Frauen
Und manche waidliche Maid
Den fremden Ritter zu schauen
Im abendländischen Kleid,
Und manche dachte im Stillen:
„O wäre der Ritter mein!
Ich möchte ihm zu Willen
In allen Stücken sein."

Hoch wallte die bunte Fahne
Vom Königsschloss im Wind.
Dort stand auf hohem Altane
Das schöne Königskind,
Und als sie von der Zinne
Sich beugte niederwärts,
Da sandte ihr Frau Minne
Den schärfsten Pfeil in's Herz.
Dann fuhr ein Strahl, ein zweiter
Dem Ritter in die Brust;
Da ward der junge Streiter
Sich süsser Qual bewusst.
Er sprengte fort im Sturme,
Dass Schild und Speer erklangen.

Die Jungfrau stieg vom Thurme
Mit hochgerötheten Wangen.

Sie sass am Fensterbogen
Im Frauengemach allein.
Da kam herein geflogen
Ein weisses Vögelein;
Das schwebte um die Wände
Und flatterte ohne Ruh'.
Da schlug die Magd behende
Das Bogenfenster zu
Und nahm vom Haupt die Kogel
Mit Perlen reich gestickt
Und warf sie über den Vogel
Mit weissen Händen geschickt.

Hilf Himmel! Wie blassten die Wangen
Dem Kind mit einem Schlag,
Als unter dem Schleier gefangen
Ein junger Ritter lag.
In Ohnmacht sank sie nieder —
Der Schreck war gar zu jach —
Doch rief der Ritter sie wieder
Mit süssen Küssen wach,
Und als sie am Gefieder
Den fremden Vogel erkannte,
Da bebten ihre Glieder —
Gar heiss die Minne brannte —

Da schlang die Liebeswunde
Um seinen Hals den Arm;
Da schieden zur selben Stunde
Die zwei von allem Harm.

Ich kann euch nicht vermelden,
Wie lang die schöne Magd
Geherzt den jungen Helden
Und was sie sich gesagt.
Die Zeit verrann den beiden,
Als trüge sie fort der Wind.
Am Ende sprach beim Scheiden
Das schöne Königskind:

„Der Himmel wolle es wenden,
Dass du der Sieger bist
Und aus des Vaters Händen
Empfängst, was dein schon ist.
Und sollte den Preis erwerben
Ein andrer Mann als du,
Viel lieber möcht' ich sterben
Als ihm gehören zu."
Sie nahm aus ihrem Schreine
Von Golde einen Kranz,
Drein blitzten Edelsteine
Von wunderbarem Glanz.

„*Wie dieses Gold so lauter*
Ist meine Treu' zu dir,
Und hefte den Kranz, du Trauter,
An deinen Helm als Zier,
Auf dass ich morgen im Gaden
Erkenne den theuern Mann
Und aller Heiligen Gnaden
Für ihn erflehen kann."
Sie küsste sanft den Ritter,
Ihr schöner Leib erbebte,
Und aus dem Fenstergitter
Ein weisses Vöglein schwebte.

Es schritt zur Tafelweide
Herr Heinrich in den Saal.
Er trug das Prachtgeschmeide
Am Helm von blauem Stahl.
Da sassen die Herrn und tranken,
So Heiden wie Christenritter,
Romanen, Gälen und Franken
Und Mohren und Moskowiter;
Es mischten sich vlämische Laute
Mit sarazenischem Ton
Wie damals, als man baute
Den Thurm von Babylon.

Ein Fremder kam geschritten
Mit sporenklirrendem Fuss;

Aus Böheim war er geritten,
Und böhmisch war sein Gruss.
Der Kranz von Gold und Steinen
Ihm in die Augen stach,
Darauf der Fackeln Scheinen
In bunten Lichtern sich brach.
Er trat heran zu schauen;
Da ward Herrn Heinrich kund,
Dass der aus Böheims Gauen
Auch gutes Deutsch verstund.
„Herr Bruder", sprach der Fremde,
„Wie sehr ich Euch beneide!
Ihr tragt ein Waffenhemde
Von Azagauger Seide,
Drein glänzen Kalzedone
Und mancher bunte Opal.
Ich bin des Schmuckes ohne
Und gehe in rostigem Stahl.
Auch blieben Ring und Kette
Mir armen Ritter versagt.
Hei, wenn ich das Kränzlein hätte,
Das Ihr am Helme tragt!
Es däucht mich fast zu schwere
Für Euren Helm als Zier.
Bei Eurer Frauen Ehre,
Herr Bruder, schenkt es mir."

Da sprach Herr Heinrich milde:
„Nichts kleines Ihr begehrt.
Das goldne Kranzgebilde
Ist mir gar lieb und werth.
Doch weil Ihr meiner Minne
Gedacht zur rechten Zeit,
So nehmt Euch zum Gewinne
Das köstliche Geschmeid.“
Da thät der Andre greifen
Begierig nach dem Raube
Und band den goldnen Reifen
Auf seine Eisenhaube.

Drob sah Herrn Heinrich sauer
Sein alter Knappe an
Und sprach in Groll und Trauer:
„O Herr, was habt Ihr gethan!
Ihr konntet leicht versagen
Den Kranz dem schlauen Schelm.
Nun sprecht, was wollt Ihr tragen
Als Zeichen auf Eurem Helm?“

Da sprach der Ritter zum Knappen:
„So wähl' ich ein Hühnernest;
Das will ich tragen als Wappen
Und Zeichen beim Königsfest.“

Es lachte der junge Degen
Und schaute fröhlich drein.
Die Liebste sah ihm entgegen
Aus jedem Becher Wein.

Die Banner im Winde wallen
Und flattern von Thurm und Dach,
Drommeten und Hörner schallen
Und dumpfer Schildekrach.
Es sitzt bei dem König, dem greisen
Sein Kind im Purpurzelt.
Heut gilt's. Wer wird sich erweisen
Als allerbester Held?
Wer wird erstreiten die Krone,
Die Krone und das Land?
Wem wird zum süssesten Lohne
Der jungen Königin Hand?

Die Jungfrau sah mit Zittern
Den wilden Waffentanz.
„Hilf Himmel von allen Rittern
Dem einen mit goldenem Kranz!“
Doch diesmal war der Himmel
Und seine Heiligen taub,
Denn jählings flog vom Schimmel
Der Ritter in den Staub.
Der ihn gebracht zum Weichen,
Der sass im Sattel fest;

Er trug am Helm als Zeichen
Ein schnödes Hühnernest.
Dann schwenkte er zur Seiten
Das Ross zu neuem Ritte
Und stach vom Pferd den Zweiten,
Dem Zweiten folgte der Dritte.
Es hielt nicht einer von allen
Dem Hühnerneste Stand,
Sie mussten sämmtlich fallen
Und küssen Staub und Sand.
Da weinte die Jungfrau bitter
Und stöhnte und schluchzte leis.
Vom Hühnernest der Ritter
Gewonnen hatte den Preis.

Der König liess ihn laden
Vor seinen goldnen Thron
Und sprach zu ihm in Gnaden:
„Willkomm mein starker Sohn!
Du hast erstritten das Beste,
Da kann kein Zweifel sein.
Herr Ritter vom Hühnerneste,
Mein Kind, mein Reich ist dein.
Nun tritt heran du Süsse
Und löse mein Wort geschwind." —
Da warf sich vor die Füsse
Dem Sieger das Königskind.

„Herr Ritter, habt Erbarmen!"
Zu flehen sie begann.
„Mich hielt in seinen Armen
Bereits ein andrer Mann.
Dem hab' ich zugeschworen
Mein Herz und meine Hand.
Den Sieg hat er verloren,
Ihr warft ihn in den Sand;
Den Euer Speer mir raubte,
Dem halt' ich die Treue fest." —
Da nahm Herr Heinrich vom Haupte
So Helm wie Hühnernest
Und thät die Magd umfangen
Mit starken Armen geschwind
Und küsste von den Wangen
Die Thränen dem treuen Kind.

„Den Kranz, den ich getragen,
Ein schlauer Mann erschlich.
Nicht durft' ich die Gabe versagen;
Er mahnte mich, Frau, an dich.
Da musst' ich den Wunsch ihm stillen,
Ihm reichen das köstliche Gut,
Und hätt' er um deinetwillen
Geheischt mein Leben und Blut,

Ich hätte beides gegeben
Um deinetwillen hin,
Denn lieber als mein Leben
Bist du mir, Königin."

DAS SCHNEEKIND.

Ein Kaufmann zog auf Reisen aus
Und liess ein junges Weib zu Haus.
So schön war keine zweite nicht
An Farbe, Wuchs und Angesicht,
Doch sonst war nichts an ihr zu preisen. —
Vier Jahre blieb der Mann auf Reisen;
Da kam er endlich angefahren
Mit reichem Gut und seltnen Waaren
Und dachte nun den Segen
Zu mehren und· zu hegen
Und an der schönen Frauen
Sein Herze zu erbauen.

A. u. S.   6

Das Weib ihn minniglich empfing.
An ihrer Seite aber ging
Ein Knäblein zierlich von Gestalt,
Zwei Jahre und darüber alt.
Der Kaufmann frug: „Wess ist dies Kind?"
Da sprach das schöne Weib geschwind:
Dieweil du Trauter fern gewesen,
Bin ich des zarten Kinds genesen.
Vernimm auch, wie das zugegangen:
Ich trug nach dir ein süss Verlangen
Und ass zur Lindrung meinem Weh
Im Gärtlein eine Handvoll Schnee
Und dachte dein in heisser Gluth.
Da ward so selig mir zu Muth,
Als kost' ich meinen lieben Mann,
Davon ich diesen Sohn gewann.
Wie schmuck er ist — sieh ihn nur an —
Wie rosenfarb und wohlgethan,
Und das Gesicht des Kleinen
Gleicht auf ein Haar dem deinen."

Der Kaufmann schwieg und liess das Kind
Verpflegen durch das Ingesind.
Und als der Knab zu Jahren kam,
Er selbst ihn in die Lehre nahm
Und wies ihm, wie man Falken trägt,
Mit Hunden jagt und Laute schlägt,

Schachzabel zieht und singt und geigt,
Klug redet und bescheiden schweigt.
So war der Knab mit vierzehn Jahren
In aller Kurzweil wohl erfahren.

Drauf rüstete nach Krämerweise
Der Kaufmann sich zu einer Reise,
Nahm Urlaub von der Frau und schritt
Zu Schiff. Das Schneekind nahm er mit.
Und als er kam in's Morgenland,
Er einen Sklavenhändler fand.
Der sah den Knaben schön und stark
Und bot für ihn zweihundert Mark.
Das schien dem Kaufherrn reicher Lohn,
Drum schlug er los des Schneees Sohn
Und segelte von hinnen
Mit sehr vergnügten Sinnen.

Daheim auf seiner Schwelle stand
Die Frau und grüsste mit der Hand
Und rief ihm zu: „Sag' an geschwind,
Wo hast du unser liebes Kind?"
„Ach Traute", sprach er, „denk' dir nur,
Als über's wilde Meer ich fuhr,
Da war die Luft so glühend heiss;

Davon zerschmolz das Kind wie Eis;
Es ist im Brand der Sonnen
In Wasser ganz zerronnen."

Den heiss' ich einen klugen Mann,
Der Lug mit Lug vergelten kann.

DER WILDE.

Die Traube ist blau, der Apfel roth,
Die Blätter welken und bleichen.
Die bunten Vögel zwingt die Noth
Zu wandern und zu streichen;
Sie schwärmen um das Grafenschloss
Im leichten Federhemde,
Und morgen zieht der ganze Tross
In nebelgraue Fremde.

Es stehen Zwei im Gartengrund,
Die halten sich fest umfangen.
Er küsst ihr Augen, Stirn und Mund
Und die Thränen von den Wangen.
„Fahrwohl du allerärmste Braut,
Du Schönste unter der Sonnen!

Doch wenn ihr Nest die Schwalbe baut,
Wenn der Garten tönt von Vogellaut,
Ist all dein Leid zerronnen.
Ach, wenn ich wäre ein Königssohn
Und hätt' ich Leute und Mannen,
Ich zöge heran mit Drommetenton
Und trüge dich siegend von dannen.
Ein Hof, ein Schild, ein Ritterhelm
Ist all mein Gut und Erbe.
Ich muss dich stehlen wie ein Schelm,
Es glücke, oder ich sterbe.
Wenn linder Wind von Süden weht
Und frei' die Brunnen rauschen,
Wenn der Apfelbaum in Blüthe steht,
Dann sollst du horchen und lauschen,
Und hörst du einer Fiedel Klang
Und deines Ritters Weise,
Dann, Traute, zögere nicht lang,
Dann scheuche deine Sorgen bang
Und rüste dich zur Reise.
Fahrwohl! Mein Rösslein stampft den Grund
Und scharrt den Sand der Haide.
Gott segne dich zu jeder Stund,
Du liebe Augenweide!" —
Der Ritter sprach's und schied geschwind.
Im Garten stand des Grafen Kind
In grossem Herzeleide.

Der Winter kam, der Winter verrann,
Es schmolz der Schnee zu Bächen,
Der Apfelbaum zu treiben begann,
Die Knospen wollten brechen.
Die Störche kehrten vom Morgenland,
Die Schwalben kamen gezogen.
Des Grafen Tochter horchend stand
Am hohen Fensterbogen.

Da klangen Hörner im Herrenschloss
Statt sanfter Fiedelsaiten,
Und durch die Thore hoch zu Ross
Zwei Ritter sah sie reiten.
Sie kamen gezogen in reichem Staat,
In Röcken scharlachrothen. —
„Herr Graf, Herr Graf, der Eidam naht!
Wir sind des Königs Boten.
Er zieht heran wie der Wüstenwind
Vom heissen Land der Mohren,
Will Hochzeit halten mit Eurem Kind,
Das er zur Braut erkoren.
Wir bringen der jungen Königin
Als Gaben reiches Geschmeide,
Gesteinte Gürtel und Baldekin
Und Kleider von lybischer Seide.

Wir sind geeilt wie Vogelflug
Die Kunde Euch zu tragen,
Den König aber mit seinem Zug
Erwartet in sieben Tagen." —
Die Degen sprangen auf den Sand,
Man zog die Rosse zu Stalle,
Die Gäste führte an der Hand
Der Graf in seine Halle.

Nun rührt die Hände Tag und Nacht
Das emsige Gesinde.
Es mischt sich alte Goldespracht
Mit jungem Laubgewinde,
Und Zelte werden ausgespannt,
Und bunte Fahnen prangen.
Es gilt den König von Mohrenland
Mit Ehren zu empfangen.
Soweit die lichte Sonne scheint,
Ist keiner gewalt'ger und reicher. —
Die Braut des Königs aber weint,
Und täglich wird sie bleicher.

Der Apfelbaum in Blüthe stand,
Am Fenster sass die Schöne,
Sie sass und lauschte unverwandt.
Wann klingen Geigentöne?

Da ritt ein Fiedelmann heran
Auf einem starken Rosse.
Er war gebräunt wie ein Zingan,
Mit bunten Kleidern angethan
Und hielt am Herrenschlosse.
Die Fiedel tönte süss und lind;
Da kam in hellen Haufen
Vom Klang gelockt das Ingesind
Der Burg heran gelaufen.
Es kam herbei, was Zöpfe trug,
Das Fräulein und die Zofe,
Der Herr des Schlosses aber frug:
„Wer spielt in meinem Hofe?
Der Spielmann kommt zur rechten Zeit;
Ich will ihn pflegen und ehren.
Er soll der Gäste Fröhlichkeit
Durch seine Weisen mehren.
Steig' ab vom Ross und komm' herein
Und raste von der Reise!
Ich lasse dir schenken den besten Wein
Und reichen die beste Speise."
Der Fiedler aber sprach: „Mit Gunst,
Ich muss von hinnen traben,
Doch eine Probe meiner Kunst
Sollt Ihr, gefällt's Euch, haben."
Und zu der Geigensaiten Klang
Der Spielmann diese Weise sang:

Oweh, du weisse Taube
Umkreist vom Rabenschwarm!
Sie birgt sich scheu im Laube
Und spricht in Leid und Harm:

„Mein Lieb, wann kehrst du wieder
Auf blauer Wolkenbahn?
Wann rauscht dein Glanzgefieder,
Wann kommt mein wilder Schwan?“

Getrost! Er schwingt die Flügel
Und regt sie ohne Ruh',
Trägt über Thal und Hügel
Dich sonnigen Ländern zu.

Er nahm die Geige von dem Kinn
Und setzte ab den Bogen,
Und aufwärts zu der Lauscherin
Die schnellen Blicke flogen.
Die Jungfrau kannte nur zu gut
Des jungen Fiedlers Weise;
In hohen Wellen ging ihr Blut,
Und bebend sprach sie leise:

„Nun hilf mir, dass ich armes Kind
Mit meinem Lieb entrinne,
Und mache die Wächter taub und blind,
Du allgewaltige Minne!" —
Zum Fiedler aber sprach der Graf:
„Hab' Dank für Spiel und Lieder.
Du bist der erste, den ich traf,
Dem Herrengunst zuwider.
Dich lockt nicht Gold, nicht Speise an,
Noch süsser Saft der Traube.
So fahre hin, du wilder Schwan,
Und hole dir deine Taube." —
„Habt Dank," der Spielmann freudig rief,
„Herr Ritter hochgeboren!"
Er neigte sich im Sattel tief
Und gab dem Ross die Sporen.

Frau Minne hat eine starke Hand
Und tausend listige Räthe. —
Der reiche König aus Mohrenland
Kam einen Tag zu späte.
Zum Gott der Heiden schrie er laut,
Als er vernahm die Märe,
Dass über Nacht die Königsbraut
Spurlos verschwunden wäre.
„Ein Engel hat sie fortgeführt,"
So ging im Volk die Sage.

Vergebens ward ihr nachgespürt,
Der Heidengott blieb ungerührt
Von des Betrognen Klage.
Da hiess er blasen das Muschelhorn
Und gab dem Pferd die Sporen
Und ritt davon in schwerem Zorn
In's heisse Land der Mohren.
Ich weiss nicht, ob er späterhin
Sich eine Mohrenkönigin
Zur Trauten hat erkoren.

   Indessen ritten durch den Tann
Auf unbetretnen Wegen
Die Schöne und der Fiedelmann
Dem Minneglück entgegen.
Sie ritten die Nächte in Eil' und Hast
Selbander auf einem Pferde,
Sie hielten Tags im Dickicht Rast
Und ruhten an der Erde;
Und schlief der Ritter, so wachte die Maid
Mit Augen falkenhelle,
Und zwang die Schöne die Müdigke't,
So wachte ihr Geselle. —
Es war bereits der zwölfte Tag
Den Flüchtigen verstrichen;
Das Schloss in weiter Ferne lag,
Und Angst und Sorgen wichen.

Auf einer blumenreichen Au
Im wilden Forst gelegen
Gedachte der Ritter mit seiner Frau
Der Mittagsrast zu pflegen.
Es labte sie der Felsenborn
Mit seinen kühlen Fluthen,
Ihr Zeltdach war der Hagedorn,
Darunter sie traulich ruhten.
Die Jungfrau lag im weichen Moos,
Der Ritter hielt ihr Haupt im Schooss. —
Es war zur fröhlichen Maienzeit,
Und Blüthen rieselten nieder,
Die Vögel trugen ihr Hochzeitskleid
Und sangen Minnelieder,
Die Bienen schwärmten sonder Ruh'
Um blühende Heckenrosen;
Da fielen die müden Augen zu
Der schönen Heimatlosen.

Der Bäume Kronen bog der Wind,
Er wehte stärker und rauher.
Da fuhr empor des Grafen Kind
Geschüttelt von kaltem Schauer.
Sie fand das Ross am Baume steh'n,
Daran es war gebunden;
Die Sonne wollte untergeh'n,
Der Ritter war verschwunden.

Sie spähte mit den Aeuglein hell
Den Flüchtling zu entdecken.
„Nun komm hervor, mein Trautgesell,
Und lass dein loses Necken!
Es scharrt die Mähre mit dem Huf;
Was zögerst du, mein Trauter?"
Vergebens hallte der Jungfrau Ruf,
Ihr Herz schlug immer lauter.
Sie hob der zarten Stimme Schall,
Dass weit der Wald ertönte,
Umsonst. — Der Berge Wiederhall
Das Leid der Armen höhnte.
Da flossen ihre Thränen heiss
Und netzten die Wangen, die blassen;
Sie rang die Hände zart und weiss
Und jammerte und schluchzte leis:
„Oweh, ich bin verlassen!
Hat wer ein Leid dir angethan,
Oder hast du mich betrogen?
Bist du gestorben, mein wilder Schwan,
Oder bist du mir entflogen?"

Die Sonne ging durch's gold'ne Thor
Zur Ruhe hinter die Hügel,
Da raffte sich die Magd empor
Und löste des Rosses Zügel.

Sie schürzte sich das Schleppgewand
Und thät den Zaum ergreifen;
Da sah sie von der rechten Hand
Verschwunden den Fingerreifen.
Es war der köstlichste Edelstein
Gefügt in Goldgeschmeide,
Doch däuchte der Verlust ihr klein
In ihrem grossen Leide. —
Im Walde wurden die Eulen wach,
Es fiel der Thau, der kühle,
Die Jungfrau ritt dem Wasser nach
Und kam geleitet von dem Bach
Zu einer stillen Mühle.
Dort hielt sie an, und aus der Thür
Der alte Müller trat herfür.
„Ach Meister, lasst mir Aufenthalt
Und Obdach bei Euch werden.
Ich habe verloren im wilden Wald
Mein Liebstes auf der Erden.
So lasst mich dienen Euch als Magd
Und meine Hände rühren,
Und wollet morgen, wenn es tagt,
Mein Ross zu Markte führen,
Und was man bietet Euch als Sold
Für Sattelzeug und Mähre,
Das nehmt und kauft mir Fadengold
Und Seide, Nadel und Schere.

Und so mir Euer milder Sinn
Will Kost und Obdach geben,
Ich bring' Euch reichlichen Gewinn
Mit Nähen, Sticken und Weben." —
Der Müller nahm in's Haus die Maid
Und that nach ihren Worten.
Sie sass in stiller Einsamkeit
Und wirkte Binden und Borten,
Sie stickte manches Prachtgewand
Mit Blumen und goldenen Ranken,
Und auf die nimmermüde Hand
Viel heisse Thränen sanken.

Verstrichen war ein volles Jahr,
Die Veilchen blühten am Bache,
Es kam zurück der Schwalben Schaar,
Der weise Meister Adebar
Stand klappernd auf dem Dache.
Da sprach der greise Herr des Lands,
Der Herzog zu den Seinen:
„Mir wird der Maiensonne Glanz
Nicht allzu oft mehr scheinen.
Drum will ich reiten zum Waldeshag
Mit meinem Ingesinde,
Noch einmal halten Hofgelag
Im Grünen unter der Linde." —.

Sie ritten aus dem Fürstenbau
Und zogen über die Haide.
Bei ihrem Herren ritt die Frau
Im grünen Sattelkleide. —
Im Felde lag der Sonnenglast,
Die Lüfte waren schwüle;
Da lud der Herzog sich zu Gast
Am Waldbach in der Mühle.
„Komm Mägdlein, nimm das Büffelhorn
Und füll’ es mir am Lauterborn,
Dass ich den Gaumen kühle.“ —
Die Jungfrau lief zum Brunnen schnell
Und that, wie ihr geheissen
Und reichte ihm den Labequell
Mit ihrer Hand, der weissen.
Da sah die Fürstin staunend an
Die Magd im Bauernkleide.
„Wie bist du schön und wohlgethan!
Dein Hals ist weisser als ein Schwan,
Dein Haar ist weich wie Seide,
Und königlich gehst du einher.
Sag’ an, wer bist du und woher?“ —
Da sprach die gottverlass’ne Magd:
„Ach, Fürstin hochgeboren,
Ich hab’, dem Himmel sei’s geklagt,
Den, der mir Treue zugesagt,
Im wilden Wald verloren.

A. u. S.   7

Es hat mich aus Barmherzigkeit
Der Müller aufgenommen,
Sonst wär' ich allerärmste Maid
Im Walde umgekommen.
Nun weil' ich hier und sticke um Geld
Gewänder, Gürtel und Binden.
Es ist kein Leid in Gottes Welt
So gross wie mein's zu finden." —
Da sprach die Herrin zu der Maid:
„Dein Wesen zeugt von Adel.
Du sollst nicht länger im Mägdekleid
Dich mühen mit Faden und Nadel.
Verlassen sollst du das Wiesenthal
Und dich zu Hof begeben,
Sollst sitzen in meinem Frauensaal,
Gewänder und Gürtel weben
Und unterweisen als Meisterin
Die Frauen im Nähen und Spinnen "
So sprach die milde Herzogin
Und führte die Magd von hinnen. —
Nun trägt die Schöne ein Prachtgewand
Und lehrt die dienenden Maide.
Sie regt die nimmermüde Hand
Und stickt mit Gold und Seide,
Sie spinnt und webt und denkt zurück
An ihr verlor'nes Minneglück
In grossem Herzeleide.

Und wieder ritt am frühen Tag
Der Herzog über die Haide,
Er wollte halten im grünen Hag
Ein fröhliches Gejaide.
Es folgte ihm ein bunter Tross
Von Rittern und von Schalken,
Die Hunde bellten, es schnob das Ross,
Nach Beute schrieen die Falken.
Und als sie kamen an Ort und Stell',
Die raschen Jägersleute,
Da lösten sie vom Seile schnell
Die ungeduldige Meute.
Die Bracken rannten ungestüm
Waldein mit spürenden Nasen,
Sie scheuchten auf ein Ungethüm
Und jagten es über den Rasen.
In weiten Sätzen sprang's einher
Und wies die Zähne und Klauen,
Es war kein Wolf, es war kein Bär
Und greulich anzuschauen.
Am Haupte trug es zottig Haar;
Jetzt stand es auf zwei Beinen
Und warf der heulenden Hunde Schaar
Mit Aesten und mit Steinen.
„Ein wilder Mann, ein wilder Mann!"
So schrieen die Waidgesellen
Und drangen hastig in den Tann
Das Ungethüm zu fällen,

7*

Der Wilde aber lief waldein
Gelenkig und behendig.
Da rief der Herzog: „Schonet sein
Und fangt ihn mir lebendig!"
Da ward das selt'ne Wild umstellt
Von Jägern und von Hunden,
Nach harter Gegenwehr gefällt,
Gefangen und gebunden. —
Der Herzog sprach: „Bei Jesus Christ,
Es ist ein Mannsgebilde!
Vielleicht, dass er zu heilen ist,
Der unglückselige Wilde.
Es macht der arme, zottige Mann
In mir das Mitleid rege.
Auf, führt den Wilden mir hindann,
Dass ich daheim ihn pflege!"
So sprach der Herr und stieg zu Ross,
Sie koppelten die Meute
Und führten nach dem Herrenschloss
Die selt'ne Jägerbeute. —
Dort schlossen sie den Wilden ein
Den Frauen wohl verborgen,
Und weise Aerzte pflegten sein
Mit Bädern und mit Arzenei'n
Am Abend und am Morgen.
Sie schoren Haare ihm und Bart

Und labten ihn mit Speise;
Da liess er von der Thiere Art
Und ging nach Menschenweise.
Es ward des Armen Hirn und Mark
Allmählig wieder heil und stark,
Die Sprache kam ihm wieder,
Doch ging er traurig stets einher
Und härmte sich und seufzte schwer
Und schlug die Augen nieder.

Im Schlosshof stand ein Vogelhaus
Gefügt aus Draht und Balken.
Dort ging er täglich ein und aus
Und wartete die Falken.
Da sprach der Herr verwundert schier:
„Verstehst du Falken zu tragen,
So sollst du werden mein Falkonier
Und Reiher und Enten jagen." —
Am nächsten Morgen ritt ein Zug
Von Jägern in's Gefilde.
Am Riemen einen Sperber trug
Auf seiner Faust der Wilde,
Und als er eine Elster fand,
Warf er ihn schreiend von der Hand. —
Es griff das schnelle Federspiel
Den Vogel mit der Klaue,
Und samt der Beute niederfiel
Der Sperber auf die Aue.

Der Falkner aber riss in Wuth
Die Elster von der Erde,
Zerfleischte sie und trank ihr Blut
Mit grimmiger Geberde.
Da ging Geflüster durch den Tross:
„Er ist noch nicht bei Sinnen." —
Der Wilde aber stieg zu Ross
Und zog mit den Andern von hinnen.
Nicht lang, so blinkte aus Schilf und Rohr
Ein blauer, klarer Weiher,
Und in die Lüfte stieg empor
Ein schimmernder Silberreiher.
Den beizte der Wilde waidgerecht,
Geschickter konnte es keiner.
Da sprachen Jäger und Jägerknecht:
„Er ist wie unsereiner."

Am selben Abend sass im Saal
Bei reicher Tafelweide
Der Herzog und sein Ehgemal
Und Ritter, Frauen und Maide.
Gekommen war ein Fiedelmann,
Der seine Künste zeigte,
Geschichten und Abenteuer spann
Und lustig sang und geigte. —

Da kam heran der Falkonier
Und lauschte an der Thüre.
„Herr Herzog", sprach er, „gönnet mir,
Dass ich die Saiten rühre.
Ich hab' vordem mit Sang und Klang
Wohl manches Herz bezwungen.
Versagt mir's nicht; ich hab' so lang
Den Bogen nicht geschwungen." —
Der Spielmann auf des Herren Wink
Thät ihm die Fiedel geben.
Der Wilde hob die Geige flink
Und liess den Bogen schweben.
Es klang so lind, es klang so weich
Wie Wind in Schilf und Halmen,
Es klang so voll, es klang so reich
Wie Orgelton und Psalmen,
Es klang wie wilder Wasserfall,
Wie rauschende Stromesschnellen,
Wie Minnelieder der Nachtigall,
Wie rieselnde Waldesquellen,
Und wie ein sterbender Windhauch leis
Verklangen die Töne, die reinen,
Und aus der lauschenden Frauen Kreis
Vernahm man leises Weinen. —
Da sprach der Herr: „Das lob' ich mir.
Du kannst der Künste viele,
Ein Meister bist du im Beizen schier,
Ein Meister im Saitenspiele.

So banne dir den schweren Muth
Mit sanftem Klang der Geige,
Dass nicht auf's Neue das wilde Blut
Zu Haupt und Hirn dir steige.
Du hast zerfleischt in wilder Gier
Die Elster auf der Haide.
Sag' an, was that das Federthier
Dem wilden Mann zu Leide?" —
Der Falkner sprach: „Durch Eure Huld
Genas der Freudenarme.
Seid milde, Herr, und übt Geduld.
Ein Elstervogel trägt die Schuld
An meines Herzens Harme.
Es fliegt mein wacher Geist zurück
Zu sonnigen, seligen Tagen.
Lasst Euch die Mär von meinem Glück
Und meinem Jammer sagen:

      Es zog durch Wald und Auen
      Ein Ritter hoch zu Ross.
      Die schönste aller Frauen
      Sein starker Arm umschloss.

      Er ritt in Hast und Eile
      Und sprengte durch das Land,
      Als würden tausend Pfeile
      Den Flücht'gen nachgesandt.

Es war am zwölften Morgen
Und müde Ross und Mann,
Da ruhten sie verborgen
In einem wilden Tann.

Er liess die Mähre grasen
Im kräuterreichen Hag,
Und auf dem weichen Rasen
Die Schöne schlafend lag.

Und wie er seine Traute
Bewachte unverwandt,
Er einen Ring erschaute
An ihrer weissen Hand.

Aus gelbem Golde lachte
Ein sonnenheller Stein;
Er zog das Kleinod sachte
Der Magd vom Fingerlein.

Im Lichte thät er wenden
Den edlen Adamas;
Da fiel aus seinen Händen
Das Ringlein in das Gras.

Und eh' der Ritter wieder
Den Fingerring erfasst,
Stiess eine Elster nieder
Vom hohen Tannenast.

Sie thät behend ergreifen
Den lichten Edelstein
Und trug den Fingerreifen
Mit schnellem Flug waldein.

Der Ritter sprang im Schrecken
Empor vom Boden jach
Und lief durch Hag und Hecken
Dem frechen Räuber nach.

Der aber strich zum Horste
Im Dickicht gut versteckt.
Dem Ritter blieb im Forste
Die Elster unentdeckt.

Er schalt des Vogels Tücke
Und schmähte laut den Dieb,
Dann lenkte er zurücke
Den Fuss zu seinem Lieb.

Er schritt wohl eine Stunde,
Er lief in Angst und Hast;
Am blauen Himmelsrunde
Die Sonne ging zur Rast.

Es zogen Sternenbilder
Still wandelnd ihren Weg;
Der Wald ward immer wilder
Und dichter das Geheg.

Da ward ihm sterbensbange,
Er schlug sich vor die Stirn,
Da zog des Wahnsinns Schlange
Sich ringelnd um sein Hirn.

Oweh, du weisse Taube,
Umkreist vom Rabenschwarm!
Sie birgt sich scheu im Laube
Und spricht in Leid und Harm:

„Mein Lieb, wann kehrst du wieder
Auf blauer Wolkenbahn?
Wann rauscht dein Glanzgefieder,
Wann kommt mein wilder Schwan?“

Oweh, du weisse Taube!
Den Himmel rufe an.
Es zuckt gelähmt im Staube
Dein armer, wilder Schwan."

Der Wilde schweigt. — Da hallt im Saal
Ein Schrei aus Frauenmunde.
„Vorbei, geendet ist die Qual;
O dreimal selige Stunde!" —
Es bricht sich durch die Staunenden Bahn
Die schönste der dienenden Maide.
„Willkommen, willkommen mein wilder Schwan!
O süsse Augenweide,
O Herzenstrost, o Seelenlust!
Nun scheiden wir beide vom Harme."
Sie ruft's und stürzt an des Wilden Brust
Und schlingt um ihn die Arme. —
Da blieb kein Auge unbethaut,
Da weinten und schluchzten alle.
Dann aber durchbrauste Jubellaut
Des Schlosses weite Halle.

ARISTOTELES UND PHYLLIS.

Ein König sass in Griechenland,
Der war Philippus zubenannt.
Gewaltig war er, reich und mild
Und von Gestalt ein Heldenbild.
Allein sein köstlichster Gewinn,
Das war die junge Königin.
An Sitte, Schönheit und Geberden
War sie das erste Weib auf Erden.

Die Königin nach einem Jahr
Dem König einen Sohn gebar;
Der zwang darnach die halbe Welt,
Und Alexander hiess der Held.
Es war das hochgeborne Kind
Weit schöner als sonst Kinder sind
Und kröstereich und tugendvoll
Recht, wie ein junger Degen soll.

Und als das Kind zu Jahren kam,
Der König einen Meister nahm,
Der war der weiseste im Land
Und Aristoteles genannt —
Und sprach zu dem gelehrten Greise:
„Nehmt hin das Kind und macht es weise
Und, was ihm nützt, das lehret es.“
„Ich will’s,“ sprach Aristoteles,
„Ich lehr’ ihn alles, was ihm frommt
Und später ihm zu Nutzen kommt.“
Darauf der König: „Also thut;
Ich mach’ Euch reich an Geld und Gut.“

Hart am Palast des Königs lag
Ein schöner, grüner Gartenhag.
Ein Haus darin ward ungesäumt
Dem weisen Meister eingeräumt;
Das sollt’ er mit dem Königskinde
Bewohnen und dem Ingesinde.

Im Anfang schuf das ABC
Dem jungen König bittres Weh
Wie heutzutage noch den Jungen,
Die man zur Schule hat gezwungen.
Doch schon nach Wochen drei und vier
Wuchs Alexanders Lernbegier.

Er nahm an seines Meisters Hand
An Wissen zu und an Verstand
Und sog mit Eifer und mit Lust
Tagtäglich an der Weisheit Brust.
So ging vorüber Jahr um Jahr.
Der Königssohn ein Jüngling war,
Doch war er keine Stunde müssig
Und nie des Lernens überdrüssig.
Da ward dem Meister plötzlich bang.
Es schwand des Schülers Wissensdrang,
Und abseits schweiften ihm die Sinne.
Was trug die Schuld? — Das war die Minne.

Am Hofe diente eine Magd,
Der war kein Liebesreiz versagt.
Sie war der Rosenknospe gleich
Und frohgemuth und anmuthreich,
Die schönste Jungfrau im Gesind —
Und Alexander war nicht blind.
So oft die Magd, die Phyllis hiess,
Im Gartenland sich blicken liess,
War, wenn es nicht der Meister sah,
Sogleich auch Alexander da.
Ihm schuf die Minne viel Beschwer,
Der schönen Phyllis noch viel mehr.
Was Wunder, dass die Minnekranken
Sich liebend in die Arme sanken

Und dass verstohlen die Entzückten
Von heissen Lippen Küsse pflückten.

Bald ward dem weisen Meister klar,
Warum sein Schüler säumig war
Und nicht wie früher, was er sollte,
Aus seinen Büchern lernen wollte.
Er schalt und übte strenge Zucht
Und liess kein Mittel unversucht
Des jungen Königsknaben Denken
Vom bösen Weg zurückzulenken.
Allein der Jüngling heimlich lachte
Und nur an seine Phyllis dachte
Und sprach mit sehr verstocktem Sinne:
„Die höchste Weisheit ist die Minne."

Da ging der Meister ihn verklagen
Und thät die Mär dem König sagen,
Wie sich der junge Herr verirrte
Und um die schöne Phyllis girrte.
Philippus drob ergrimmte sehr
Und rief: „Schickt mir die Jungfrau her!"
Und strafte sie und schalt und greinte.
Die junge Phyllis aber weinte
Und schwur, dass alles Lüge sei.
Da kam die Königin herbei

Und sprach: „Für Phyllis steh' ich gut;
Ich weiss, dass die nichts böses thut."
Und ging von dannen schwer gekränkt.
So war das Unheil abgelenkt,
Doch ward von Stund an Tag und Nacht
Der Königsknabe streng bewacht.

Da sass er nun in grossem Jammer
Bei seinen Büchern in der Kammer
Und brummte wie ein Zeiselbär
Und wand sich hin und wand sich her
Und sehnte sich zu jeder Stunde
Nach seiner Trauten Rosenmunde.
Indessen härmte auch die Maid
In Trauer sich und Herzeleid.
Es ward die schöne Freudenlose
So bleich wie eine weisse Rose,
Nur ihre Augen waren roth;
Das schuf der strengen Minne Noth.
Und wenn sie an den Meister dachte,
Der sie um Lust und Freude brachte,
Da ballte sie die Faust, die schwache,
Und grollend sann die Magd auf Rache.

Sie ging in ihre Kemenate
Und wählte sich aus ihrem Staate

A. u. S.   8

Ein Schleppgewand von Seide fein,
Das war verbrämt mit Hermelein,
Und schmückte sich ihr gelbes Haar
Mit einem Zirkel goldesklar,
Der war geziert von Meisterhand
Mit Kalzedonen und Jachant.
Darauf in einem Spiegel licht
Beschaute sie ihr Angesicht,
Hoch schürzte sie das Schleppgewand
Und lief hinab in's Gartenland
Und schritt, derweil sie Blumen las,
Mit blossen Füssen durch das Gras.

Es ist kein Mann so grau und greis,
Das Weib ihn zu berücken weiss,
Wenn schlau es stellt zum Vogelfange
Die Minne als geleimte Stange.
So klug und weise keiner ist,
Er unterliegt der Frauenlist,
Wie's Aristoteles erging,
Den jetzt das schöne Mägdlein fing.

Als Phyllis lief durch's grüne Gras,
Der Meister just am Fenster sass,
Und wie er sah die reichgeschmückte,
Die nach den Blumen oft sich bückte

Und zierlich mit der linken Hand
Hielt aufgeschürzt das Schleppgewand,
Da sprach er leis: „Ei schau' doch nur,
Welch zarte, liebe Kreatur!
Das wäre ein beglückter Mann,
Der dieses Mägdleins Gunst gewann."
So sprach der lustbethörte Greis;
Bald ward's ihm kalt, bald wieder heiss.

Die Magd die Blicke um sich warf —
Kein Falke sah wie sie so scharf —
Sie sah am Fensterlein den Späher,
Und Blumen suchend kam sie näher.
Und als sie vor den Meister kam,
Sie eine Handvoll Blumen nahm
Und warf sie ihm in's Fensterlein
Und lächelte holdselig drein.
Der weise Meister grüsste sie
Und dankte höfisch: „gramerzi!"
Und sprach: „Vielliebes Jungfräulein,
Du sollst mir hochwillkommen sein.
Gefällt dir's, komm herein in's Haus,
Du schönes Kind, und ruh' dich aus."
„Gern thu' ich das," die Jungfrau sprach
Und ging zum Meister in's Gemach
Und thät dem Alten freundlich schmeicheln
Und liess sich Kinn und Wangen streicheln.

8

Da sah die Magd am Pfeiler hängen
Ein Sattelzeug mit Gurt und Strängen,
Und voller Arglist sprach sie so:
„Wie glücklich wär' ich und wie froh,
Wenn Ihr, dass ich Euch sattle, littet
Und mit mir durch den Garten rittet.
Ja, wolltet Ihr als Pferd mich tragen,
Ich möcht' Euch keine Gunst versagen."

Der Meister sich im Anfang wehrte,
Als ihn die Magd zum Ross begehrte,
Allein die vielgewalt'ge Minne
Hielt ihm umnebelt alle Sinne.
Er thät sich willig niederbücken
Und nahm den Sattel auf den Rücken.
Drauf band die Magd von ihrem Kleide
Ein Gürtelein von rother Seide
Und gab's als Zaum ihm in den Mund,
Dass sie daran ihn leiten kunnt,
Schwang in den Sattel sich behende
Und spornte ihres Thieres Lende
Und lenkte mit dem Gürtelband
Ihr Rösslein in das Gartenland.
Auf allen Vieren kroch der Greis,
Und Phyllis schwang ein Blüthenreis
Und sang ein süsses Minnelied
Aus Freude, dass die List gerieth.

Nun sass zur Zeit die Königinne
Mit ihren Frauen auf der Zinne
Und sah gelockt durch Phyllis' Lieder
Neugierig in den Garten nieder.
Da rief sie: „Alle guten Geister!
Die Phyllis reitet auf dem Meister."
Und rief herbei die andern Frauen
Den aufgezäumten Greis zu schauen.
Da grüsste schallendes Gelächter
Den angeschirrten Tugendwächter,
Und auch das Mägdlein lachte hell.
Dann sprang sie aus dem Sattel schnell
Und lustig lachend lief sie weiter
Und liess ihr Rösslein ohne Reiter.

Der Weise aus dem Garten schlich
Und ging nach Haus und schämte sich,
Nahm seine Bücher aus dem Schrein
Und packte ohne Säumen ein,
Was er besass an Geld und Kleid
Und harrte bis zur Dunkelheit.
Da ging er ohne Abschied fort
Und stieg an eines Schiffes Bord
Und fuhr davon mit guten Winden
Im fremden Land ein Heim zu finden.

So kam er an ein Inselland,
Das war Galizia genannt.
Dort stieg der weise Meister aus
Und suchte sich ein stilles Haus
Und schrieb — er hatte Stoff genug —
Ein Buch von Frauenlist und Trug.

DIE GESTOHLENE FEDER.

Kam ein Mönch vom heil'gen Land
Aller Schuld entledigt;
Wo er fromme Seelen fand,
Hielt er eine Predigt.
Seinem Wort mit Herz und Ohr
Lauschte gläubig jeder.
Schliesslich zog der Mönch hervor
Eine bunte Feder.
„Liebe Christen", sprach er fromm,
„Wer sie küssen will, der komm'!
Wer sie küsst, an Leib und Seel'
Wird wie neu geboren,
Denn der Engel Gabriel
Hat sie einst verloren.
Ueber's Meer von Nazareth
Bracht' ich sie herüber.
Wem der Sinn auf Gnade steht,
Zahle einen Stüber."
Und sie kamen gross und klein,
Und des Mönches Opferschrein
Quoll von Silber über.

Leider giebt es auf der Welt
Niederträcht'ge Seelen,
Die, was ihnen wohlgefällt,
Wenn sie können, stehlen. —
Einer, dem in's Auge fiel
Lockend das Mirakel,
Stahl den heil'gen Federkiel
Aus dem Tabernakel,
Und in den Reliquienschrein,
Den er frech bestohlen,
Schloss er, was kann schlechter sein? —
Schnöde Ofenkohlen.

Als der Mönch am Tag darauf
Segen mild ertheilte,
Und der glaubensstarke Hauf
Nach der Feder eilte —
Wie das rothe Blut ihm da
Wich aus dem Geäder,
Als er schwarze Kohlen sah
Statt der Engelfeder.
Doch er sprach geschwind gefasst:
„Ei, wie ist's geschehen,
Dass ich mich in Eil' und Hast
Also hab' versehen,
Dass ich heut aus meinem Kram
Mit die heil'gen Kohlen nahm?

Aber Gnade wird zu Theil
Euch darum nicht minder.
Kommt und schaut zu eurem Heil,
Männer, Weiber, Kinder!
Diese Kohlen, reichen Trost
Spenden sie und Segen,
Denn Sankt Lorenz auf dem Rost
Drüber ist gelegen.
Kommt und lasst das Angesicht
Euch damit bestreichen.
Wer das Feuer und das Licht
Meidet, der verbrennt sich nicht
Unter diesem Zeichen."

Um die Kohlen drängten sich
Männer, Weiber, Dirnen,
Und der schlaue Mönch bestrich
Allem Volk die Stirnen.
Manchen blanken Groschen ein
Strich der Vagabundus. —
Welt, du willst betrogen sein!
Decipi vult mundus.

DAS GÄNSLEIN.

Ein Kloster war in alter Zeit,
So gab's kein zweites weit und breit.
Es lag in einer grünen Au
Und war ein stattlich, stolzer Bau
Mit Kirche, Keller, Bücherei,
Und auch ein Gasthaus war dabei,
Wo jeder Mann sich laben mochte,
Der hungrig an die Pforte pochte.
Doch kam ein Weib zur Klosterschwelle,
So war der Wächter gleich zur Stelle
Mit Eisenhut und blankem Spiess
Und barsch dem Weib die Wege wies.
Es sah im ganzen Klosterbann
Des Mannes Auge nur den Mann;
Das Weib ward nie darin erblickt,
Denn also will's Sankt Benedikt.

Nun hört, was dorten sich begab:
Im Kloster sass ein junger Knab,
Der vorlängst war dem frommen Orden
Als Findling zugetragen worden.
Jetzt war er zwanzig Jahre alt,
Von Antlitz schön und wohlgestalt,
Und in der Jahre langen Reihe
Hatt' er betreten nie das Freie.
Die Berge und die grünen Wälder,
Die Wiesen und die Aehrenfelder
Und das Gethier in Wald und Flur
Kannt' er von Hörensagen nur.
Drum war sein Sinn darauf gestellt
Zu schau'n einmal die Aussenwelt.
Er trug den Wunsch dem Abte vor
Und fand auch ein geneigtes Ohr.
„Mein Sohn", so sprach der Prior willig,
„Was du begehrst, ist recht und billig.
Willst du ein guter Hirte werden,
So musst du kennen deine Heerden.
Ich selber mache dir bekannt
Die Leute draussen und das Land.
Drum lasse ohne weit'res Säumen
So mir wie dir ein Rösslein zäumen.
Ich will in die Gemarkung reiten,
Und du, mein Sohn, sollst mich begleiten."

Der junge Mönch von dannen flog,
Die Rosse aus dem Marstall zog
Und mit dem Abt in's Freie ritt.
Etwelche Knechte zogen mit.

Hei, was der Mönch für Augen machte,
Als ihm die grüne Erde lachte
Und als er sah, wie auf der Flur
Sich tummelte die Kreatur.
Er fragte ohne Unterlass:
„Herr Abbas, was ist dies und das?"
Und jener thät mit weisem Mund
Die Namen des Gethiers ihm kund:
„Dies ist ein Esel, das ein Rind,
Die sanften Thiere Schafe sind,
Hier weidet eine Geis am Rain,
Das Thier im Koth benennt man Schwein.
Dort steht ein Storch im Wassergraben,
Die schwarzen Vögel heisst man Raben,
Das ist ein grüner Hupfinsgras,
Ein Jgel dies und das ein Has."
So nannte er ihm alle Namen
Der wilden Thiere und der zahmen.

Es hob sich kühler Abendwind;
Da kam der Abt und sein Gesind
Vor einen Meierhof geritten
Und thät den Wirth um Herberg bitten.

Der Meier gleich das Thor erschloss
Und half dem Abt von seinem Ross
Und sprach: „Willkommen Herre mein
Und die mit Euch gekommen sein.
Nun ruht Euch aus an meinem Herd
Und theilt mit mir, was Gott bescheert."
Drauf schuf er Obdach unverdrossen
Den Klosterknechten und den Rossen.
Die Mönche führte er darnach
In ein geräumiges Gemach.
Und wie sie sich am Feuer streckten
Und ihre müden Glieder reckten,
Da kam des Meiers Weib herein
Und seine Tochter hinterdrein.
Ein Mägdlein war's von achtzehn Jahren
Mit rothem Mund und gelben Haaren.
Sie hatte Wangen wie zwei Pfirschen
Und glich an Wuchs dem Edelhirschen.

Wie da dem jungen Mönch geschah,
Als er die beiden Weiblein sah!
Er sprach: „Herr Abbas, kündet mir,
Wie heisst das zierliche Gethier,
Damit ich ungelahrter Mann
Es recht beim Namen nennen kann."
Schlau lächelnd sah der Abbas drein
Und sprach: „Die heisst man Gänselein."

„Ach“, rief der Mönch, „nun möcht' ich wissen,
Warum wir solcher Gänslein missen
Auf unsrer grünen Klosterweide.“ —
Da lachten laut die Frauen beide.
Sie hielten ihn für einen Thoren,
Der gänzlich den Verstand verloren,
Bis ihnen leis der Abt vertraute,
Dass jener noch kein Weib erschaute.
Da sah die Magd den Jüngling an —
Verstohlner Weise ward's gethan —
Die Stirne weiss wie Winterflocken,
Wie Blut den Mund, wie Flachs die Locken —
Drum war des Mönchs Unwissendheit
Dem frommen Mägdlein doppelt leid.

Ein reichlich Nachtmahl ward verzehrt
Und mancher Becher Weins geleert,
Die Hunde nagten an den Knochen,
Das Gratias war auch gesprochen,
Und Wirth und Gäste suchten satt
Jedweder seine Lagerstatt.
Es ging der Abt in's Prunkgemach,
Der Mönch in's Stüblein unter'm Dach.
Er schob den Riegel vor die Thür
Und nahm sein schwarzes Büchlein für
Um, wie die frommen Brüder pflegen,
Zu lesen einen Abendsegen.

Da hörte er ein leises Rauschen
Und schlich zur Thüre um zu lauschen.
Und horch! da wispert's zart und fein:
„Ich bin's, das junge Gänselein.
Der schlimme Fuchs den Hof umschleicht,
Der frisst mich, wenn er mich erreicht.
Drum habe Mitleid mit mir Armen
Und lass mich zu dir aus Erbarmen."
Der Mönch zurück den Riegel zog,
Das Gänslein in die Kammer flog
Und schmiegte an des Jünglings Glieder
Ihr weiches, weisses Gansgefieder.

Sobald der nächste Morgen kam,
Der Abt vom Meier Abschied nahm
Und thät gemächlich fürbass reiten,
Der junge Mönch an seiner Seiten.
Und als er heimgekommen war
Und ihn vernahm der Brüder Schaar,
Was er aus Klosters Bann entfernt
Gesehen habe und gelernt,
Da gab er treulichen Bericht,
Nur von dem Gänslein sprach er nicht.

Nun hört, was weiter noch geschah:
Es war die hohe Festzeit nah,

Die jeder Christ als Weihnacht kennt.
Da sprach der Abbas im Konvent
Zum Bruder Kellner und zum Koche:
„Es naht uns eine saure Woche
Mit Singen, Beten, Messelesen.
Da ist's von jeher Brauch gewesen,
Dass sich zu solchen frommen Werken
Die Brüder Leib und Seele stärken. ·
Drum schafft zu unsrem Tischgelag,
Was Küch' und Keller bieten mag."
So sprach er, und den Brüdern allen
Thät diese Rede bass gefallen.

Der junge Mönch nicht ferne stand;
Der war mit gutem Rath zur Hand
Und sprach zu seinem Oberhirten:
„Wollt Ihr die Brüder recht bewirthen,
So fügt zur Speise jedes Manns
Als Herzerquickung eine Gans."
Drob sah der Abt sehr finster drein
Und sprach: „Ei lieber Bruder mein,
Was redest du? Hast du vergessen,
Dass uns versagt ist Fleisch zu essen?"
Der Junge kraute sich im Haar
Und sprach: „Was wahr ist, das bleibt wahr.
Ich achte, dass die Gänselein
Die allerbeste Speise sein."

Da wies der Abt ihn von der Schwelle
Und rief ihn drauf in seine Zelle
Und sprach: „Nun sollst du mir gestehen
In Treuen, wie es mag geschehen,
Dass du verachtest unsre Satzung
Und trachtest nach verbotner Atzung."
Da schwieg der Bruder länger nicht
Und beichtete und gab Bericht
Dem Abt von seinem Abenteuer
Und schilderte mit vielem Feuer
Des jungen Gänsleins Minnespiel. —
Der Abt beinah vom Stuhle fiel,
Dann aber goss er reinen Wein
Dem wahnbethörten Bruder ein
Und sprach: „Ich will dich strafen nicht,
Weil ich das Unheil angericht't.
Die Lüge und den üblen Spott
Verzeihe mir der Herre Gott.
Du sündige nicht mehr und geh
In Frieden hin.   Absolvo te."

    Hier ist zu End die Klostermäre.
Und wenn ein Mönch im Lande wäre,
Der auch ein Gänslein lieb gehabt,
Dem wünsch' ich solchen milden Abt.

A. u. S.   o

✿❀✦❀✦❀✦❀✦❀✦❀✦❀✦❀✦❀✦❀✿

DER FECHTMEISTER UND SEIN SCHÜLER.

Es war ein Meister ehrenwerth,
Erprobt in Stich und Streich.
Kein zweiter schwang wie er das Schwert
Im heil'gen, röm'schen Reich.
Nun war ein trotziger Kumpan
In seiner Jünger Zahl,
Zum Raufen lustig wie ein Hahn
Und schmeidig wie ein Aal.
Drum stand er in des Alten Gunst
Und war ihm werth und lieb
Und lernte meisterlich die Kunst
Und manchen list'gen Hieb.
So trieb er's viele Monden lang.
Am Ende er entbot
Den Meister frech zum Waffengang
Auf Leben und auf Tod.

Sie hoben an den blut'gen Strauss
Mit Spiegelfechterei;
Da rief der Meister plötzlich aus:
„Was? Einer gegen Zwei?"
Und als der Knab sich umgewandt
Den Zweiten zu erschau'n,
Da ward ihm von des Alten Hand
Der Kopf vom Rumpf gehau'n.
Der Meister aber streift vom Schwert
Das heisse Blut und spricht:
„Ich hab' dich manchen Streich gelehrt,
Den letzten aber nicht."

❀❀❀❀❀❀❀❀❀❀❀❀❀❀❀❀❀❀❀

DIE BEICHTE.

Wer erstritt in Tjosten und Puneis
Dreimal bei des Königs Fest den Preis?
Wer erhält zum Lohn das Berberpferd,
Wer das edelsteingezierte Schwert
Und die Kette von arab'schem Gold?
„Ritter Galmy!" ruft der Ehrenhold,
„Ritter Galmy!" jubelt's rings im Kreise,
„Ritter Galmy," spricht die Herrin leise,
Und die weissen Hände zittern leicht,
Als sie ihm die Gaben überreicht.

Auf den Degen und die Königsfraue
Sieht der Seneschall mit finst'rer Braue,
Drängt sich an den Stuhl des Königs vor,
Und die Worte spricht er ihm in's Ohr:
„Saht Ihr, Herr, die Blicke, die er warf
Auf die Königin wie Pfeile scharf?
Saht Ihr, wie des Frechen Uebermuth
In die Stirn ihr trieb das rothe Blut?

Viel vermag ein wagehals'ger Thor,
Und die Klugheit baut dem Unheil vor."

Sprach der König kalt und kurz: „Ich danke,"
Und den Sieger rief er an die Schranke.
„Tapfrer Ritter Galmy," sprach er gnädig,
„Ist ein Amt an meinem Hofe ledig.
Edel bist du, höfisch von Geberden;
Meiner Frauen Truchsess sollst du werden,
Und das Amt, ich weiss es, steht dir an.
Dien' ihr treu, so wie du mir gethan."
Ritter Galmy dankte freudenreich,
Doch die junge Königin ward bleich.
Von des Herren Stuhl der Ritter ging,
Und die Schranzen raunten leis im Ring.

Ritter Galmy dient der Königin,
Rückt den Sessel ihr zur Tafel hin,
Bricht das Brot, zertheilt das Fleisch beim Mahle,
Trägt die Schüssel auf und füllt die Schale,
Und im Becken reicht er ihr das Wasser. —
Aber seine Wangen werden blasser,
Und der Herrin Blick wird immer scheuer,
Denn in beiden loht verzehrend Feuer.

Als er einst nach hergebrachter Weise
Vor die Königin gesetzt die Speise,

Und vom wilden Huhn, das er zerschnitt,
Zu der Frau sein Blick verstohlen glitt,
Fuhr ihm durch die Hand der Messerstahl.
Und im Bogen sprang ein blut'ger Strahl.
Hellauf schrie die junge Königin,
Auf den Boden sank sie leblos hin,
Und darnach, als ihre Ohnmacht wich,
Rannen ihre Thränen bitterlich.

Als der Truchsess seine Hand verbunden,
Sprach der König also zu dem Wunden:
„Ritter Galmy, denk' an deine Pflicht,
Spiele mit geschliff'nen Messern nicht,
Dass dir unversehens nicht die Klinge
Tödtend durch die Lebensadern dringe.
Wär' doch schad' um dich, du junges Blut.
Ritter Galmy, sei auf deiner Hut!“

Sprach der Ritter: „Weil ein wunder Mann
Nicht den Dienst bei Tisch versehen kann,
Gebt mir Urlaub, dass ich heimwärts eile
Und zu Hause mein Gebresten heile.
Lasst mich trinken meiner Wälder Duft
Und mich baden in der Bergesluft.
Hier am Königshof das Sonnenlicht
Taugt für einen siechen Degen nicht.“

Sprach der König: „Galmy, Ritter werth,
Hast dich oft erprobt mit Ger und Schwert,
Bist ein Held, ein starker auch im Weichen.
Geh und nimm von mir ein Gnadenzeichen.“
Sprach es, und von seines Weibes Hand
Zog er einen edlen Adamant,
Und dem Degen reichte er den Ring. —
Ritter Galmy neigte sich und ging.

Aus der Königsstadt hinaus in's Land
Zog der Jüngling, der sich selbst verbannt,
Ritt in's Weite sieben Tage lang,
Bis ein Glöcklein durch die Felder klang,
Bis von Epheuranken überwoben
Thurm und Mauern aus dem Grün sich hoben.
Kreuze blinkten von des Klosters Dache,
Und ein Mönch hielt an der Pforte Wache.
Einlass fanden beide, Mann und Ross,
Und das Thor sich hinter ihnen schloss.

Frug der Abbas: „Was ist dein Begehr
Und wer bist du und was führt dich her?“
Drauf der Gast: „Ich bin dein Schwestersohn,
Ritter Galmy, bin der Welt entfloh'n.
Gar zu blendend fiel das Sonnenlicht
Mir in's Auge; das ertrug ich nicht.

Weise nicht den Müden von der Schwelle,
Gieb mir eine schattenkühle Zelle,
Dass ich einsam und den Menschen ferne
Ruhe finde und vergessen lerne."
Und des Jünglings Fleh'n den Abt erweichte;
Milde war die Busse nach der Beichte.
Ordenskleider gab der Abt dem Kranken,
Und des Ritters Lockenringel sanken,
Und er lebte stille Tage hin
Treu im Dienst der Himmelskönigin.

———————

Litanei und Büsserpsalmen schallen,
Helme glänzen, Kreuzesfahnen wallen,
Und der Schaar voran in's heil'ge Land
Zieht der König selbst im Streitgewand,
Auf dem Wappenrock das heil'ge Kreuz.
„Königin fahrwohl! Der Herr gebeut's."
Und der König führt das Gottesheer
An den Strand und über's wilde Meer.
In dem heissen Land der Sarazenen
Grüssen ihn gespannte Bogensehnen
Und die Lanzen schneller Wüstenreiter.
Langsam führt die Schaar der König weiter,
Kämpft mit Heidenlist und Griechentücken,
Doch er liess den ärgsten Feind im Rücken.

Treulich harrend auf den Ehgemahl
Sass die Königin im Frauensaal,
Wirkte emsig mit der Schaar der Maide
Borten aus gedrehtem Gold und Seide. —
Weiss nicht, ob sie dachte noch im Stillen
Dessen, der entfloh um ihretwillen.

Seit der König fuhr zum heil'gen Grab,
Trug der Seneschall den Herrscherstab,
Und der Freche warb mit Buhlerkunst
Treulos um der schönen Herrin Gunst,
Doch ihr Herz war lauter wie Krystall,
Und auf Rache sann der Seneschall.

War im Stallgesind ein junger Wicht,
Schlank von Wuchs und schön von Angesicht
Den entbot zu sich der falsche Mann,
Und mit Listen also er begann:
„Will dich machen reich an Geld und Gut,
Hast du für ein Wagestück den Muth.
Aber schweigen musst du wie das Grab."
Und es schwur der gottverlass'ne Knab.
Einen schweren Beutel in die Hand
Gab der arge Seneschall dem Fant.
„Nimm und geh und kaufe dir Gewänder.
Schnabelschuhe, Federn, Borten, Bänder,

Mantel auch und Gürtel, Wams und Kragen,
Kleide dich, wie sich die Jungherrn tragen,
Lass die Gulden rollen in Tavernen,
Würfle, zech' und schwör' bei Mond und Sternen,
Dass das reiche Gut dir zum Gewinn
Deine Herrin gab, die Königin."
Was der Schelm gebot, der Bube that.
Ueber Nacht schoss auf die üble Saat,
Und im Lande sprachen tausend Zungen
Von der Herrin und dem Reiterjungen.

Wieder rief der Seneschall den Knaben
Und verdoppelte die reichen Gaben
Und sprach so zu ihm: „Nun hör' mich an;
Deine Arbeit ist erst halb gethan.
Deine Mannheit sollst du erst bekunden,
Denn du wirst gefangen und gebunden,
Und ich selber sitze zu Gericht
An des Königs Statt. Doch zittre nicht,
Und mit kecker Stirn bekenne frei,
Dass die Herrin dir gewogen sei.
Führt man dich hinaus zum Rabenstein,
Blicke wie ein armer Sünder drein,
Doch im Herzen sei getrost und heiter.
Steige muthig auf die Galgenleiter
Und bekenne vor dem Volksgewimmel
Dein Vergehen unter freiem Himmel.

Ist's gescheh'n, so will ich Gnade rufen;
Und du steigst herab die Leiterstufen.
Aus der Haft und aus des Königs Reichen
Lass' ich dich in nächster Nacht entweichen,
Und du führst ein wonnesames Leben
Mit den Schätzen, die ich dir gegeben."
Also sprach der list'ge Ehrenkränker,
Anders aber sprach er zu dem Henker.

Und der ehrvergess'ne·Bube that
Nach des ungetreuen Mannes Rath.
Log und lästerte mit frecher Zunge
Bis zum Galgen, bis zum Todessprunge.
Aber der Betrüger war betrogen,
Eilig ward die Schlinge zugezogen,
Und der Gottverlass'ne hing am Strick
Leblos mit gebrochenem Genick.

Also fuhr der Schelm in Sünden hin,
Und verloren schien die Königin.
Scharf bewacht von Knechten ist die Arme,
Weint und schluchzt in übergrossem Harme,
Jammert laut und rauft ihr Haargeflechte
Und durchwacht die langen, bangen Nächte,
Ruft den Himmel an und ringt die Hände,
Denn des Königs Kommen ist ihr Ende.

Längst hat den die Schreckensmär erreicht,
Denn das Unheil findet Boten leicht,
Und er kehrt zurück auf nächsten Wegen
Gramerfüllt um selbst Gericht zu hegen.
Und der Spruch, wie das Gesetz gebot,
Weiht die Königin dem Feuertod.
Zwar zur Rettung steht ein Weg noch offen,
Aber schwach nur ist der Aermsten Hoffen.

Ehrenholde werden durch das Land
Mit der Königsbotschaft ausgesandt:
„Lebt ein Ritter, der mit Schwertesschlag
Für der Herrin Unschuld kämpfen mag,
Soll er an den Hof des Königs reiten,
Mit dem Seneschall, dem Kläger streiten.
Er befreit die Herrin, wenn er siegt
Und muss sterben, wenn er unterliegt."

Tage rollten hin, ein Monat schwand,
Aber niemand rührte seine Hand
Um die Frau zu retten vom Verderben,
Und man führt die Königin zum Sterben.
Schranken sind im Schlosshof aufgerichtet,
Und ein Scheiterhaufen ist geschichtet.
Gramvoll sitzt der König auf dem Thron,
Und der Seneschall mit grausem Hohn

Blickt vom Ross gewappnet und gerüstet,
Doch der Ritter keinem es gelüstet
Für die Unschuld seiner Frau zu fechten. —
Und der König winkt den Henkersknechten.

Sieh, da reitet in die Schranken weit
Hoch zu Ross ein Mönch im Ordenskleid,
Neigt sich vor des Königs Stuhl und spricht:
„Herr, verschiebe noch das Blutgericht.
Lass, bevor die Flamme tilgt den Leib,
Beichten erst das unglücksel'ge Weib,
Lass mich ihre Qual mit Tröstung stillen;
Herr, versag' es nicht um Christi Willen!“

Und der König winkt. Das Eisenband
Löst der Henker von der Frauen Hand.
In die Kniee sinkt sie auf den Plan,
Küsst das Kreuz und hebt zu beichten an
„Ich erwecke büssend Reu' und Leid;
Geb' mir Gott die ew'ge Seligkeit.
Meine Asche wird der Wind verjagen,
Aber droben will ich klagen, klagen,
Meinen Kläger fordern vor Gericht.
Das Verbrechen, ich beging es nicht,
Und so wahr ich eine Christin bin —
Helf' mir Gott! — ich fahre schuldlos hin.“

Sprach der fremde Mönch mit sanften Worten:
„Graus und dunkel sind des Todes Pforten,
Aber droben leuchtet ew'ges Licht. —
Hast du andre Schuld zu beichten nicht?"

Weinend sprach sie: „Ach, ich trage Reue.
Einmal wollte wanken meine Treue.
Ritter Galmy war so minniglich,
Und ein armes, schwaches Kind war ich;
Sah ich ihn, so ward mein Herze froh.
Aber er ermannte sich und floh.
Manches lange Jahr verstrich indessen,
Doch mein Herze kann ihn nicht vergessen,
Und ich rief zu ihm in meiner Noth.
Aber Ritter Galmy ist wohl todt,
Denn als Retter wär' er sonst gekommen,
Hätt' das Herzeleid von mir genommen.

Aufrecht steht des Mönches Hochgestalt,"
Wie ein Heerhorn seine Stimme hallt
Ueber die bewegte Menge hin:
„Frei von Sünde ist die Königin,
Rein und makellos wie Himmelslicht,
Doch der Kläger ist ein Bösewicht!"
Und des Mönches Kutte sinkt zu Thal,
Leuchtend blinkt ein Streitgewand von Stahl,

Und vom Helme schwarze Federn schweben. —
„Wahr' dich Seneschall! Es gilt dein Leben."

Aus den Scheiden reissen sie die Klingen,
Funken sprühen aus den Panzerringen.
Blitz und Schlag! — Der hinterlist'ge Schelm
Sinkt zu Boden mit gespalt'nem Helm.
Auf des Schwergetroffnen Panzerhemd
Fest den linken Fuss der Sieger stemmt,
Setzt das scharfe Schwert ihm auf die Kehle. —
„Jetzt bekenn' und rette deine Seele!"
Röchelnd müht der Wunde sich zu sprechen
Und bekennt im Sterben sein Verbrechen.

Schritt der König zu der Königin,
Nahm vom Leib den weichen Hermelin,
Um die Bleiche er den Mantel schlug,
Auf den Armen sie von hinnen trug.
Jubelfreudig tausend Stimmen schallen,
Brausend strömt das Volk aus Hof und Hallen,
Und in's Land hinaus von Mund zu Munde
Eilt wie Vogelflug die frohe Kunde.

Heimwärts aber ritt im schwarzen Kleide
Ritter Galmy einsam durch die Haide.

DAS LANGE BAND.

Dem günst'gen Leser Glück und Heil! —
In Frankfurt hielt ein Krämer feil
Und pries den Leuten seinen Tand:
Gewirkte Borten, Schnur und Band,
Leibgürtel, Nesteln, Litzen,
Schuhriemen, Schnallen, Spitzen.
Da trat zum Meister mit der Elle
Herein ein fahrender Geselle
Und sprach zu ihm: „Für mein Barett
Ich gern ein seiden Bändlein hätt',
Damit der Wind, der draussen fegt,
Mein Käpplein nicht von dannen trägt.".

„Gut", sprach der Krämer zu dem Kunden,
„Ein solches Band ist bald gefunden.
Hier ist das beste, was ich hab';
Ich schneid' Euch eine Elle ab.
Der Preis ist eine Kleinigkeit,
Ein Heller nur, weil Ihr es seid."

„Ei Meister", sprach der fremde Wicht,
„Die eine Elle langt wohl nicht.
Was kostet's, wenn Ihr mir das Band
Von einem Ohr zum andern spannt?"
Darob der Krämer waidlich lachte:
„Ist Euer Kopf so ungeschlachte?
Wohlan, gebt mir der Heller zwei,
So mess' ich Euch, wie weit es sei,
Das Band von Ohr zu Ohr,
Doch zahlet mir zuvor."

Da warf der fremde Vogel frisch
Zwei Heller auf den Ladentisch.
Das Band ergriff er drauf behende,
Hielt sich an's rechte Ohr das Ende,
Thät listig mit den Augen zwinken
Und sprach: „Nun messt mir bis zum linken."
Der Krämer lüpfte das Barett;
Das Ohr er gern gefunden hätt',
Da aber ward dem Meister klar,
Dass selbes abgeschnitten war.
„Ei", rief er, „Freund, wie kann ich messen?
Du hast das linke Ohr vergessen."
Da lachte hell der Gauch und sprach:
„Lauft nur und messt dem Ohre nach.
Zu Erfurt war's in Sachsenland,
Da schnitt mir's ab des Henker's Hand;

A. u. S.   10

Dort findet Ihr's am Galgen hangen.
Messt zu, ob Eure Bändlein langen."

Den Krämer fasste jäher Schrecken.
Er sprach: „Gesell, du willst mich necken.
Wie konnt' ich wissen denn zuvor,
Wie weit es ist zu deinem Ohr?
Ich wähnte dir es angewachsen
Und nicht am Galgenholz in Sachsen.
Wir wollen friedlich uns vergleichen;
Lass dir ein gutes Zehrgeld reichen
Und halt' dein ander Ohr recht fest,
Dass du es nicht in Frankfurt lässt."

Da sprach der Strolch: „Es ist mir leid,
Doch will ich's thun, weil Ihr es seid,
Obwohl ich mir's zum Schaden thue." —
Da griff der Krämer in die Truhe
Und thät den Schelm entlohnen
Mit einer Sonnenkronen.

DER GRAF IM PFLUG.

Es war ein Graf gefangen
Im heissen Morgenland,
Er führte statt goldener Spangen
Ketten an Fuss und Hand;
Sein Leib statt Panzerringen
Den Sklavenkittel trug,
Und unter Geisselschwingen
Schleppte er knirschend den Pflug.
Er war auf schneller Galeere
Geschwommen über die Fluth,
Er wollte zu Gottes Ehre
Vergiessen Heidenblut
Und pflanzen auf Zions Hügel
Das Kreuz mit eigner Hand. —
Nun lag mit gebrochenem Flügel
Lechzend der Aar im Sand.

Der König im Land der Heiden
In's Feld geritten kam
Sein stolzes Auge zu weiden
An seines Sklaven Gram.

Da sprach der Graf: „Ach ende,
Herr König, meine Qual
Und einen Boten sende
Zu meinem Ehgemal.
Die soll mein ganzes Erbe
Dir geben als Lösegeld.
Was hilft dir's, wenn ich sterbe
Pflügend dein Ackerfeld?"

Der König begann zu sprechen:
„Was frage ich nach Gold,
Das mir in allen Bächen
In leuchtenden Kieseln rollt?
Es bringen mir Goldesstufen
Die Berge überall,
Von meiner Rosse Hufen
Blinkt das gelbe Metall.
Was mag der Sonne frommen
Des Glühwurms ärmlicher Strahl?
Doch hab' ich recht vernommen,
Hast du ein Ehgemal.
Man rühmt mit lautem Schalle
Die Frauen des Abendlands;
Um ihre Schultern walle
Das Haar von goldnem Glanz.

Von ihren Augen, den blauen
Singen die Sänger viel.
Gern möcht' ich einmal schauen
Ein solches Wunderspiel.
Drum sollst du Boten senden
Nach deinem jungen Weib,
Ob sie mein Aug zu blenden
Vermag mit ihrem Leib,
Und wenn die Schöne Gnade
Vor meinem Aug gewann,
So magst du deine Pfade
Ziehen als freier Mann."

Er sprach es, und von hinnen
Ritt der König im Flug.
Es stand in trüben Sinnen
Der Graf bei seinem Pflug.
„Owehe dieses Leides,
Owehe meiner Qual!
Ich soll verlieren beides,
Ehre und Ehgemal.
Doch sonnig ist das Leben
Und finster Grab und Tod." —
Er that mit Widerstreben,
Was ihm der König gebot.

Ein Pilger ward gefunden,
Der heim die Botschaft trug,
Und Tage zählte und Stunden
Seufzend der Graf im Pflug.

———

Es zog der Botenknabe
Wohl über die wilde See,
Er klomm am Pilgerstabe
Ueber der Alpen Schnee.
In Sonnenbrand und Stürmen
Kein Mühen ihn verdross,
Bis ihn mit ragenden Thürmen
Grüsste das Grafenschloss.

Des Pilgers Unglücksmären
Vernahm erbleichend die Frau.
Es rannen ihre Zähren
Nieder wie Maienthau.
Doch ihre Wange brannte
Wie Feuerlohe heiss,
Als ihr der Bote nannte
Der Lösung schnöden Preis.
Sie barg in beiden Händen
Ihr schönes Angesicht.
„Gott wolle sein Leiden enden!
Ich aber komme nicht.

Ihm hat des Kummers Schwere
Gebeugt das stolze Haupt,
Doch seines Hauses Ehre
Sei nimmer ihm geraubt.
Des milden Gottes Gnaden
Befehl' ich seine Noth." —
Der Pilger schied beladen
Mit reichem Botenbrot.

———

Es hielt in schattiger Kühle
Der Heidenkönig Ruh
Und sah vom Seidenpfühle
Dem Tanz der Sklaven zu.
Von Horn und Kupferbecken
Erhob sich wüster Klang;
Die Vögel in den Hecken
Duckten die Köpfe bang.
Und wie der Lärm verhallte
Und sich der Klang verlor,
Ein andrer Ton erschallte
Und traf des Königs Ohr.
Es klang wie Quellenschäumen,
Wie Rauschen des Wasserfalls;
Die Vögel in den Bäumen
Wandten horchend den Hals.

Da sprach zum Ingesinde
Der Herr: „Wer mag das sein?
Ihr Sklaven lauft geschwinde
Und lasst den Spielmann ein!
Geleit und Königsfriede
Und Lohn dem Mann gebührt,
Der mir mit seinem Liede
Mächtig das Herz gerührt."

Da trat herein der Fremde,
Die Harfe in der Hand.
Er trug ein hären Hemde,
Ein hanfen Gürtelband;
Das Haar war ihm geschoren
Nach büssender Mönche Art,
Sein Antlitz auserkoren,
Rosig und ohne Bart.
Er thät sich höfisch neigen
Und hob zu spielen an.
Da flatterten von den Zweigen
Die kleinen Vögel heran,
Da lauschten dem süssen Klange
Die Fische im Binsenrohr,
Es hob die bunte Schlange
Züngelnd das Haupt empor.

Und als der Harfner ruhte,
Da sprach der König still:
„Mir ist so weich zu Muthe,
Ich weiss nicht, was ich will.
Mit sanften Kinderarmen
Das Lied sich an mich schmiegt;
Den Thränenquell, den warmen
Wähnte ich längst versiegt.
Geh, wandle andre Pfade!
Sonst werde ich wieder zum Kind,
Doch heische von meiner Gnade,
Worauf dein Herze sinnt,
Und was von meinen Schätzen
An Gold und Edelgestein
Dich locken mag und letzen,
Das soll dein eigen sein."

Da sprach der Mönch: „Ich trachte
Nach deinen Schätzen nicht;
Dass ich das Gold verachte,
Ist meines Ordens Pflicht.
Doch willst du, Herr, mich gnädig
Belohnen für mein Lied,
So lass den Sklaven ledig,
Der seufzend die Pflugschar zieht.

Ich sah ihn keuchend schreiten
Durch's Feld in's Joch gespannt.
Herr, lass mich ihn geleiten
Zurück in's Abendland."

Der König winkte den Sklaven;
Die Bitte ward gewährt.
Da brachten sie den Grafen
Mit Eisenketten beschwert.
Er stand im Knechtsgewande
Von Leid und Gram gebückt,
Von harter Eisenbande
Die Glieder wund gedrückt.
Der Freiheit frohe Kunde,
Er wollte sie glauben kaum,
Er küsste mit heissem Munde
Dem Mönch der Kutte Saum.
Dann ward er von den Ringen
Und Ketten schnell befreit,
Auch hiess der König ihm bringen
Ein ritterliches Kleid.
Dann wandten sich die Beiden
Und schritten nach dem Meer. —
Ich glaube, es fiel das Scheiden
Den fremden Gästen nicht schwer.

Da sprach der Mönch zum Grafen:
„Nun fasse frischen Muth.
Ein Lastschiff liegt im Hafen,
Das trägt uns über die Fluth,
Und wenn des Mondes Scheibe
Sich füllt zum sechstenmal,
Magst du bei deinem Weibe
Rasten von Harm und Qual."
Da sah der Graf zur Seiten
Und sprach: „Das eilt mir nicht.
Für's heilige Grab zu streiten
Ist meine Ritterpflicht.
Erst muss ich Rache nehmen
An manches Heiden Leib.
Es wird sich wenig grämen
Daheim das treue Weib.
Ich will mein Leben wetten,
Sie denkt nicht mehr an mich;
Sie konnte mir lösen die Ketten
Und liess mich schmählich im Stich."
Er sprach's und ging von dannen
Der Mönch verlassen stand,
Und heimliche Thränen rannen
Nieder auf sein Gewand.

Die Wüste hatte getrunken
Am Blut der Heiden sich satt,
Ihr Banner war gesunken,
Befreit die heilige Stadt,
Erstiegen waren die Wälle,
Es mordete blinde Wuth,
Und auf des Tempels Schwelle
Dampfte das heisse Blut.
Dann schmückte sich mit Palmen
Der Christenpilger Schaar,
Und Davids fromme Psalmen
Tönten am Hochaltar.
Die nach dem Heimatlande
Im Herzen trugen Weh,
Die pilgerten zum Strande
Und stachen in die See.
Es furchten ihre Kiele
Die blaue Wasserbahn. —
Ich weiss es nicht, wieviele
Die Heimat wiedersah'n.
Doch weiss ich, dass die Wogen
Durchschiffte der Christenheld,
Der jüngst den Pflug gezogen
Keuchend durch's Ackerfeld.
Er hatte im heiligen Lande
Gefochten mit Tigerwuth
Und abgewaschen die Schande
Mit Sarazenenblut.

Nun fuhr er auf dem blauen,
Wogenden Griechenmeer,
Und dachte er seiner Frauen,
Ward ihm das Herze schwer.

*

Er kam zu Ross gezogen
Vor seiner Väter Haus.
Die Kunde war geflogen
Mit Windeseile voraus.
Es schmückte Laubgewinde
Den altersgrauen Bau,
Und mit dem Schlossgesinde
Begrüsste ihn die Frau.
Er dankte dem Willkommen
Mit kaltem, stummem Gruss;
Da wich die Frau beklommen
Zurück mit wankendem Fuss.
Sie schritten durch die Hallen
Und setzten sich zum Mahl;
Kein Wörtlein liess er fallen,
Und bänglich war's im Saal.
Ihr war's, als müsse brechen
Das kummerschwere Herz,
Und Thränen in heissen Bächen
Rannen ihr niederwärts.

Da sprach der Frauen eine
Halblaut mit falschem Muth:
„Nun seht die Engelreine,
Wie sie jetzt klagt und thut.
Dieweil ihr Vielgetreuer
Gestritten im blutigen Feld,
Ist sie auf Abenteuer
Gefahren durch die Welt."

Da sprang der Graf vom Sitze,
Es bebte ihm der Leib,
Der Augen wilde Blitze
Trafen das arme Weib.
„Ich zog im Sklavenkleide
Den Pflug durch's Ackerland,
Ich schrie zu dir im Leide,
Du rührtest keine Hand,
Du zogst auf Abenteuer
Nach fahrender Dirnen Brauch;
So soll dein Leib durch Feuer
Zu Asche werden und Rauch!"

Sie rief mit flehender Stimme:
„Halt ein, o Herr, halt ein!
Gebiete deinem Grimme
Und harre im Saale mein.

Willst du alsdann mich würgen,
Ich beuge mich deinem Groll,
Doch höre erst den Bürgen,
Der für mich zeugen soll.
Er kann vielleicht dir bannen
Des Zweifels bitt're Qual." —
Sie wandte sich von dannen
Und eilte aus dem Saal.

Es währte nicht gar lange,
So nahten Schritte schon,
Und draussen auf dem Gange
Zitterte Harfenton,
Und in den Flügelthüren
Ein junger Harfner stand,
Der thät die Saiten rühren
Mit seiner weissen Hand.
Das Haar war ihm geschoren
Nach büssender Mönche Art,
Sein Antlitz auserkoren,
Rosig und ohne Bart,
Ein hären Hemd umwallte
Den schlanken, zarten Leib. —
Ein Schrei im Saal erschallte:
„Hilf Himmel, es ist mein Weib!"

Was soll ich weiter sagen,
Wie durch das alte Schloss
Nach grauen Kummertagen
Strahlende Freude floss
Und wie auf seinen Händen
Der Graf die Fraue trug? —
Fahrt wohl! — Das Lied muss enden.
Das ist der Graf im Pflug.

MARIA UND DIE MUTTER

Die Mutterliebe Eisen bricht,
Mit Engeln und mit Teufeln ficht.
Vernehmt, was frommer Glaube singt,
Was mehr erbaut als Kurzweil bringt.

   Der Tod nahm einer Frau den Mann,
Nachdem sie einen Sohn gewann;
Der wurde ihr im Wittwenleide
Zum Labsal und zur Augenweide,
Und wie ein Reis im Baumgehege
Erwuchs er in der Mutter Pflege.
Das Reis zum kräft'gen Stamm gedieh;
Kein Weib war glücklicher als sie.

   Da aber hob sich neues Leid.
Es zog der Sohn hinaus zum Streit,
Und wie er auch die Schwerthand rührte
Und grimme Todesstreiche führte,
Den Sieg erstritt die Uebermacht
Der Feinde in der Männerschlacht.

A. u. S.   11

Er sank vom Ross mit schweren Wunden
Und ward gefangen und gebunden.
Nun lag er mit gelähmter Kraft
Und siechem Leib in enger Haft
Der Heimat fern und den Genossen
Mit Eisenketten angeschlossen
Und trug in dunkler Kerkerkammer
Um seine Mutter grossen Jammer.

Als die vernahm des Sohnes Noth,
Vergoss sie Thränen blutigroth
Und schrie in ihrem Herzeleid
Zum Himmel um Barmherzigkeit.
Zur Kirche schritt sie täglich hin;
Dort stand die Himmelskönigin,
Ein Bild von kluger Meisterhand,
Besä't mit Sternen das Gewand,
Das Haupt geschmückt mit goldner Kron',
Im Arm den eingebornen Sohn.
Und vor dem Bild im Jammer lag
Die arme Mutter Nacht und Tag
Und schlug die Brust und warf sich nieder.
„Maria, gieb mein Kind mir wieder!"

So trieb's die Mutter Tage lang
Vom Aufgang bis zum Niedergang

Und wieder bis zur Morgenmette,
Doch niemand brach des Knaben Kette.
Da ward der Allerärmsten klar,
Dass all ihr Fleh'n vergeblich war,
Und in Verzweiflung rief sie wild
Die Worte zu dem Gnadenbild:
„Maria, Mutter, Gottesmagd!
Du weisst, was mir am Herzen nagt.
Gebetet hab' ich Tag und Nacht,
Weihrauch und Kerzen dir gebracht,
Du aber schau'st in gleicher Ruh'
Der Seelenqual der Mutter zu.
Und willst du meine Qual nicht enden,
So muss ich dir dein Kindlein pfänden,
Damit du selber fühlst und weisst,
Was einen Sohn verlieren heisst.
Vielleicht, dass deines Kinds Verlust
Das Mitleid weckt in deiner Brust."
So sprach die Frau und nahm geschwind
Der Jungfrau aus dem Arm das Kind,
Umhüllte es mit Zeug und Linnen
Und eilte mit dem Bild von hinnen.
Zu Hause barg sie's gut im·Schrein
Und sprach: „Du musst mir Geisel sein,
Gefangen liegen Nacht und Tag,
Bis dich die Mutter lösen mag."

11*

Drei Tage drauf im Dämmerschein
Die Mutter sass im Kämmerlein.
Da schlug im Hof der Wächter an,
Da ward die Thüre aufgethan,
Und auf der Schwelle stand der Knabe. --
O Augentrost, o Herzenslabe!
Es war wie Schnee im Licht der Sonnen
Der Mutter Herzeleid zerronnen.

Drauf sprach der Sohn: „Nun lass dir sagen
Das Wunder, das sich zugetragen.
Ich lag, drei Nächte ist es her,
In enger Haft und träumte schwer.
Da plötzlich klirrte Thor und Schloss,
Ein milder Schein in's Dunkel floss,
Und wie ich wach und freudebang
Von meinem harten Lager sprang,
Da sah ich unsre liebe Frau
Umwallt vom Sternenmantel blau,
Geschmückt mit einer Krone licht,
Doch traurig war ihr Angesicht.
Zu meinem Lager schritt sie hin,
Die hohe Himmelskönigin,
Sie löste meiner Fesseln Band
Und führte mich an ihrer Hand
Aus meines Kerkers finstrer Gruft
Hinaus in Gottes freie Luft.

Da stand ich unter nächt'gem Himmel,
Hoch über mir das Sterngewimmel,
Und rief: ,O sei gebenedeit,
Maria, die du mich befreit!'
Sie aber sprach: ,Nicht länger weile
Und heim zu deiner Mutter eile,
Dass sich die Jammerreiche tröste.
Und thu' ihr kund, dass ich dich löste;
Sie soll mit dir in Freuden leben
Und mir mein Kind zurücke geben.'
Die Jungfrau sprach's, da war sie fort.
Ich aber merkte mir das Wort
Und flog, als hätt' ich Falkenschwingen
Mich und die Botschaft dir zu bringen."

Da schloss die Mutter auf den Schrein
Und nahm hervor das Jesulein.
Sie thät dem Sohn die Märe sagen,
Das Bild zur Kirche wieder tragen
Und legte auf die Arme lind
Der Jungfrau das geraubte Kind.
Dann sank sie betend auf die Kniee
Und rief: „Gelobt seist du, Marie!"

Leipzig.   Druck von W. Drugulin.

Gesammelte Schriften von Heinr. Seidel.

à Band M. 3.— brosch., M. 4.— geb. mit Goldschn.

Bd.   I. **Leberecht Hühnchen, Jorinde und andere Geschichten.** 9. Tausend.

Bd.   II. **Vorstadtgeschichten.** 7. Tausend.

Bd. III. **Neues von Leberecht Hühnchen und anderen Sonderlingen.** 6. Taus.

Bd. IV. **Geschichten und Skizzen aus der Heimat.** 4. Tausend.

Bd.   V. **Die goldene Zeit.** 5. Tausend.

Bd. VI. **Ein Skizzenbuch.** 4. Tausend.

Bd. VII. **Glockenspiel. (Gedichte.)** 3. Taus. M. 3.60.

Bd. VIII. **Leberecht Hühnchen als Grossvater.** 5. Tausend.

Bd. IX. **Sonderbare Geschichten.** 3. Taus.

Bd.   X. **Der Schatz und Anderes.** In Vorbereitung.

———•———

Maximilian Schmidt, Gesammelte Werke.

à Band M. 3.— brosch., M. 3.50 gebunden.

Bd.   I. **Hochlandsbilder etc.**

Bd.   II. **Blinde von Kunterweg — der vergang'ne Auditor etc.**

Bd. III. **Die wilde Braut etc.**

Bd. IV. **Der Zuggeist.**

Bd.   V. **Der Herrgottsmantel.**

Bd. VI. **Der Musikant vom Tegernsee.**

Bd. VII. **'s Liserl.**

Bd. VIII. **Die Jachenauer in Griechenland.**

Bd. IX. **Der Leonhartsritt.**

Bd.   X. **Der Primiziant etc.**

Bd. XI. **Der Schutzgeist von Oberammergau.** M. 4.— brosch., M. 4.50 geb.

———•———

Verlag von A. G. LIEBESKIND in Leipzig.

Elzevier-Ausgaben in Taschenformat (32⁰)
jedes Bändchen in Pergament geb. M. 1.50:

Grabschriften und Marterlen in den Alpen.

Gesammelt und herausgegeben
von
LUDWIG v. HÖRMANN.
2 Bändchen.

Haussprüche in den Alpen.

Gesammelt und herausgegeben
von
LUDWIG v. HÖRMANN.

Volksthümliche Sprichwörter und Redensarten aus den Alpenlanden.

Gesammelt und herausgegeben
von
LUDWIG v. HÖRMANN.

Tiroler Schnadahüpfeln.

Gesammelt und herausgegeben
von
R. H. GREINZ u. J. A. KAPFERER.
2 Bändchen. (Das zweite kostet nur M. 1.—.)

Tiroler Volkslieder.

Gesammelt und herausgegeben
von
R. H. GREINZ u. J. A. KAPFERER.
2 Bändchen.

Novellen

aus dem Verlage von A. G. Liebeskind in Leipzig.

Liebesmärchen von **Emil Ertl.** brosch.
M. 4.—, geb. M. 5.—.

Aus der ewigen Stadt. Röm. Novellen
von **H. Grasberger.** brosch. M. 6.—.

Allerlei Deutsames. Bilder und Geschichten
von **H. Grasberger.** brosch. M. 4.—

Auf heimathlichem Boden. Novellen von
H. Grasberger. brosch. M. 6.—.

Geschichten zwischen Diesseits und Jenseits.
(Ein moderner Todtentanz) von **Max
Haushofer.** brosch. M. 5.—.

Feldspath. Drei Erzählungen aus Hessen.
Von **E. Mentzel.** brosch. M. 3.—.

Aus Herz und Welt. Allerlei neue Humore.
Von **Emil Peschkau.** brosch. M. 3.—.

Der heilige Amor. Von **Johannes Prölss.**
brosch. M. 2.—.

Ut Sloss ut Kathen. Erzählung in nieder
deutscher Mundart. Von **Felix Stillfried.**
brosch. M. 3.—.

Anspruchslose Geschichten. Von **P. Hann.**
brosch. M. 3.60.

Am Küstensaum. Erzählungen von **Th.
Justus.** brosch. M. 5.—.

Aus vergangenen Tagen. Erzählungen von
Th. Justus. brosch. M. 4.—.

Neue Gedichte

aus dem Verlage von A. G. Liebeskind in Leipzig.

Gedichte von *Johannes Trojan.*   M. 2.40.

Scherzgedichte von *Johannes Trojan.* 2. Aufl.
         M. 3.—.

Glockenspiel.   Gesammelte Gedichte von *Heinrich Seidel.* (VII. Band der gesammelten Schriften.)   M. 3.60.

Leben und Stimmung.   Ausgewählte Gedichte von *Josef Kitir.*   M. 2.—.

Ausgewählte Dichtungen von *Herm. v. Gilm.* Herausg. v. Arnold von der Passer. M. 3.20.

Neue Marksteine.   Erzählende Dichtungen von *Adolf Pichler.*   M. 4.—.

Gedichte von *Anton von Schullern.* M. 2.50.

Gedichte von *Hans von Vintler.*   M. 3.—.

Lieder vom goldenen Horn.   Von *Karl Foy.* Mit Illustr. v. C. Weichardt. M. 3.—.

Anatolische Volkslieder.   Von *Leopold Grünfeld.*   M. 2.—.

In Vorbereitung:

Gedichte von *Hans Hoffmann.*

Neue Gedichte von *Angelica von Hörmann.*

Neuigkeiten

im Verlag von A. G. Liebeskind in Leipzig.

Zu meiner Zeit. Schattenbilder aus der Vergangenheit. Von *Adolf Pichler*. (Autobiographie.) M. 6.60.

Chiemgauer Volk. Erinnerungen eines Chiemgauer Amtmannes. Von *Hartwig Peetz*. Erstes Bändchen. M. 1.60.
geb. M. 2.10.

Zweites Bändchen unter der Presse.

Die Verbannten. Ein erzählendes Gedicht. Von *Max Haushofer*. M. 8.—.
geb. M. 9.50.

Urtheile der Presse über die hier angezeigten Schriften werden auf Verlangen bereitwilligst franco und gratis zugesandt. Die Verlagshandlung bittet alle Freunde deutscher Poesie, durch Beachtung und Entnahme dieser sorgfältig ausgewählten Schriften sie in ihrem Bestreben: deutschen Dichtern und deren Werken Anerkennung und Beachtung zu erringen, unterstützen zu wollen.

Sämmtliche Schriften sind elegant in Leinewand oder Kalbleder gebunden vorräthig.

www.ingramcontent.com/pod-product-compliance
Lightning Source LLC
Chambersburg PA
CBHW030900050726
47500CB00009B/403